SANTA ANA PUBLIC LIBRARY
P9-DWH-593

Nadie se salva solo

Nadie se salva solo

Traducción de Carlos Gumpert

Título original: *Nessuno si salva da solo*
Publicado originalmente en italiano
por Arnoldo Mondadori Editore S.p.A.

Av. Río Mixcoac 274, Col. Acacias,
México, D. F., C. P. 03240, México.
Teléfono 5420 7530
www.alfaguara.com.mx

ISBN: 978-607-11-1905-6
Primera edición: abril de 2012

Impreso en México

Nadie se salva solo

Esta novela es fruto de la imaginación. Personas y hechos reales han sido transfigurados por la mirada del narrador.

A Sergio, a la rabia de los puros

One love
One blood
One life
U2

—¿Quieres un poco de vino?

Ella mueve apenas la barbilla, un gesto vago, hastiado. Ausente. Debe de estar lejos, presente en algún otro sitio, en algo que le interesa y que naturalmente no puede ser él.

Los han apretujado en esa mesita con mantelitos de papel de estraza, en medio del jaleo. Delia sigue con el bolso colgado del hombro.

Observa a la pareja anciana, sentada unas mesas más allá. Es allí donde le hubiera gustado estar, en ese rincón más apartado. Con la espalda protegida, al abrigo de la pared.

Gaetano le sirve bebida. Hace un gesto amplio, algo ridículo. Lo ha aprendido de ese sumiller al que ve por las noches en la televisión cuando no consigue conciliar el sueño. Ella observa cómo cae el vino. Ese ruido maravilloso que esta noche parece completamente inútil. No se adereza el desamor con un buen vino, son gestos y dinero malgastados.

Tal vez no hubiera debido llevarla a un restaurante, a ella no le interesa comer, aguardar los platos. Sus mejores momentos siempre llegaron al azar, con un kebab, con un cucurucho de castañas, escupiendo las cáscaras al suelo.

En los restaurantes nunca les ha ido demasiado bien. Empezaron a ir cuando ya tenían algo de dinero, cuando su idilio ya rechinaba como una mecedora que ha dejado de cumplir su cometido.

La camarera suelta la carta sobre la mesa.

—¿Qué tomamos? ¿Qué te apetece?

Delia señala un plato vegetariano, una tartaleta, una chorrada. Él, en cambio, se ha sentado con toda la intención de comer, para consolarse a lo bruto.

Delia levanta su vaso, una de esas copas demasiado abombadas que él le ha llenado a medias. Lo toca con los labios, sin llegar a beber realmente, después se lo apoya contra la mejilla. Es casi más grande que su rostro.

Ha perdido peso. Toda esa inestabilidad la ha hecho adelgazar. Gae teme por un momento que haya vuelto a empezar con los viejos problemas.

Cuando se conocieron, ella acababa de salir de la anorexia. En sus primeros besos con lengua, le había hecho notar sus dientes erosionados por la acidez del vómito. Eran como los que acaban de salirle a un niño, que apenas han rasgado las encías. A él le causó cierta impresión, por más que le pareciera una señal de gran intimidad. Era hermoso intercambiarse los dolores, volverlos familiares. Él también llevaba a hombros una notable carga de mierda y no veía la hora de soltarla a los pies de una muchacha como ella.

Hasta ese momento, sólo había mantenido relaciones más bien superficiales. Se ocultaba detrás de una apariencia flexuosa y también algo cruel, de jaguar de arrabal. Tocaba la batería y eso lo convertía en objetivo de lameculos. Tenía los ojos hundidos y el resto de la cara levemente retirado respecto a la frente, como un cavernícola, y podía permitirse parecer misterioso, por más que no lo fuera en absoluto. En realidad, era muy sentimental e iba desesperadamente en busca de un amor. Sus padres eran jóvenes y poco de fiar, pero, a pesar de todo, seguían juntos. De modo que cultivaba una suerte de ideal. Y se sentía más puro que la mayor parte de las personas a las que conocía. Ese ideal algo ridículo en su mundo de ketamina y sexo duro hacía que se sintiera a menudo como un Frankenstein cualquiera, un pringado compuesto de trozos de cadáveres recosidos que no se llevaban bien entre sí.

Delia lo había atraído hacia ella. Le había abierto los brazos y las puertas de una relación profunda. Se metía en su boca. Aquellos dientes roídos por la carencia de estima en sí misma lo hacían enloquecer de dolor y de amor.

La camarera les deja la cestita del pan.

—Me gustaría hacer un viaje.

Es un derecho sacrosanto el que se vaya de viaje. Debe de estar realmente cansada. Los dos están cansados.

—Me gustaría irme a Calcuta.

Es una vieja obsesión suya eso de Calcuta. La ciudad de Tagore, su escritor preferido. *El dolor es transitorio, mientras que el olvido es permanente...*, cuántas veces le habrá hinchado las pelotas con Tagore.

—Tal vez no sea la temporada más adecuada...

—A lo mejor acabo encerrada en una habitación de hotel, con fiebre, disentería...

Ahora sonríen un poco.

—Sí, no es lo que se dice una gran idea.

—Necesito estar sola, separarme de los niños. Pero no puedo irme tan lejos.

Tiene miedo a dejarlos solos.

A menudo los deja en el suelo, moviéndose a su alrededor como conejos, jugando con cosas poco apropiadas, el sacacorchos, el teléfono descolgado con su tu-tu-tu-tu. Los mira llena de amor, pero sin auténtica vida. Ensartada en una abstracción. Un planeta reflejo. Donde el amor no pide nada y no hace sufrir. Y los niños son apariciones bondadosas, sin necesidades reales. No exigen comida, no se hacen caca.

Hace poco que han cerrado los colegios. Han empezado las vacaciones, el enorme campo de tres meses vacantes.

—Vete a algún sitio más alegre.

—No tiene sentido ir en dirección contraria a tu estado de ánimo.

Gae toma un trago de vino. La conoce, le hace falta una sacudida en lo más profundo. La vacuidad del bienestar la aburre, la apaga.

Ha vivido casi diez años con ella. Y ella se los ha pasado criticando a los demás por cómo se gastan el dinero y corren después a ganarlo, por cómo se afanan inútilmente sólo para pillar sentimientos menores, melancolías imprecisas, microdepresiones.

—¿Sabes cuál es el problema? Que nadie se atreve ya a hacer lo más sencillo, a enfocar bien sus propias vidas. Lo que los hombres llevan haciendo desde siempre como único camino posible, luchando, arriesgándolo todo, a nosotros nos parece un esfuerzo inútil.

Gaetano asiente. Ha localizado la chuleta primavera en el menú, grasienta, maciza, pero con esos trocitos de tomate por encima que la vuelven veraniega, que lo absuelven. Busca a la camarera con la mirada, su culo en los vaqueros rasgados.

—No creemos necesario conocernos a nosotros mismos.

Tras condenas semejantes, Delia parece sentirse mejor. Más inteligente que la media de las personas.

Se lleva otra vez la copa a los labios.

—Somos unos deprimidos. Unos imbéciles deprimidos.

Gae baja la cabeza, arranca un trozo de pan. Naturalmente, es él el objetivo del planeo. Se ha sentado con esa intención: demolerlo. Hacer que se sienta un ser despreciable. Una de esas personas que no saben enfocar bien sus propias vidas.

—No es de mucho consuelo...

—No te he pedido yo que saliéramos a cenar.

Sabe que no es exactamente un buen arranque de la velada. Es guionista. Sería un rasgo de honradez arrancar la página y empezar otra vez desde el principio.

Delia se ha lavado el pelo, se ha maquillado. Para darle a entender que se las apaña perfectamente. Para levantar un muro de dignidad. Lleva un vestido que él no conoce, o no recuerda.

—¿Es nuevo?

—Ya lo tenía.

Está satisfecho de que ella se haya puesto ese vestido de escote barco. Está satisfecho de haberla sacado de su madriguera. Se la imagina mientras se viste, mientras se calza las sandalias de tacón.

Él también se ha puesto una camisa nueva, blanca. Se ha peinado delante del espejo en el apartotel. Se ha colgado de la barra fija y ha hecho cincuenta flexiones.

Se siente feliz por estar ahí. Lejos de los chándales, del olor de la cena de los niños. En esa tierra de nadie en la acera.

Es uno de esos sitios de moda, una casa de comidas de buena calidad, con platos sencillos revisitados y una notable carta de vinos. Ha sido Gae quien ha elegido ese restaurante más bien alegre e informal. Las mesitas bailan un poco sobre el asfalto irregular.

Confiaba en que esa precariedad pudiera ayudarlos a ser más leves, menos rígidos. Como queriendo decir *estamos aquí por casualidad, tomemos algo, mejor dicho, piquemos algo, pero, si quieres, hasta podemos levantarnos y dar un paseo en la oscuridad.* Quería que se sintiera cómoda, nada más. Por una noche, al menos. Despojar de peso el estar juntos, como antes.

Se pregunta cuándo se cargaron con ese peso. Cuándo produjo la fusión de sus energías descompensadas aquella aleación de plomo.

Parece como si estuvieran mirando lo mismo, los trozos de papel color saco bajo los platos anchos. Delia acaricia el suyo, junto al tenedor, arranca una esquina con la uña.

A él no le gusta ver esa diminuta porquería. Era todo tan decente y bonito. Le basta ese pequeño gesto, casi invisible, para que se tuerzan las cosas. Si siguiera su instinto, bastaría con aquello para mandarlo todo al garete. Le entran ganas de cogerla por la muñeca y retorcérsela.

Delia hace una pelotita con el trozo de papel, lo acerca a la vela, lo deja caer en la cera blanda como un insecto muerto.

La camarera se acerca, les pregunta si han elegido. Es una chica mona, son todas monas allí, y muy jóvenes.

—Yo quiero una chuleta primavera.

La camarera garabatea en su libreta, sorbe con la nariz, tiene prisa:

—¿Y tú?

Delia se retrae con el cuerpo. No le gusta ese *tú.* Aún no ha elegido nada, no tiene hambre. Mira a la camarera, su tripa al aire apoyada en su mesa.

Gae no está contento con esa situación, le gustaría decirle a la chica que diera un paso atrás. Cuando se ha inclinado sobre la mesa de la pareja anciana para tomar nota, se ha estirado como un gato, exhibiendo un trasero firme, y él no ha podido dejar de pensar que estaba ya en la posición adecuada. Y quién sabe qué clase de chica es. Son ese tipo de ideas las que persiguen a los hombres, y esa chica, como es natural, no podía no saberlo.

Se da golpecitos en el labio con un dedo sin mirar a Delia. Se siente pillado en falta, aunque todo sea bastante inocente. Hace pocos meses que ha vuelto a pensar en el sexo, desde aquella tarde en la fiesta de cumpleaños de su hijo. Antes de ese momento, cuando se encontraba realmente mal, podría haber pasado a su lado Megan Fox desnuda y él le hubiera dicho *disculpa, terroncito, tengo cosas que hacer, me estoy muriendo y no tengo especiales ganas de follar antes de morir.*

Delia renuncia a la tartaleta. Pide potaje de arroz con verduras de temporada, pregunta qué verduras incluye, pregunta si lleva jengibre. Es alérgica al jengibre, pero ahora se lo añaden a todo *por esa sed de Oriente que parece hacer más leve este sombrío Occidente.* Ha descubierto que todo jengibre importado proviene de China y que, como se trata de una raíz, absorbe lo peor de esos cultivos tan dañinos impregnados de sustancias químicas.

Cuando puede, Gae devora jengibre, en los restaurantes japoneses se lo echa a quintales. Es una forma de terrorismo, contra Delia, contra Daruma. O tal vez sea simplemente que le gusta.

Algún día le gustaría volver a vivir así, sin pensar en lo que se lleva a la boca, tal como lo hacía antes, diez años antes.

Pero esta noche se dice que quizá no sea ya posible disfrutar de las cosas sin estar en guardia ni colocar los puños delante de la cara.

En todas las cosas, no será nada fácil. Ha cambiado para siempre. En lo más profundo. A fin de cuentas, ¿no era eso lo que quería cuando empezó a salir con Delia? Llegar a ser una persona más consciente de sí misma, más atenta. Uno de esos tipos que se ven en las películas, que saben tomar decisiones, echándose su propia vida y a su propia mujer sobre los hombros. Y ella parecía increíblemente dispuesta, de verdad. Una muchacha capaz de abandonarlo todo para formar una familia, para encargarse de él, para ayudarlo a llegar a ser el hombre que nunca había esperado poder llegar a ser.

En un mundo que no invitaba desde luego a la rectitud, Delia le había parecido un faro, un gigante. Le gustaban las chicas con faldas arrugadas, zapatillas de deporte y extraños cabellos, de esas que van siempre con un libro bajo el brazo. Delia era exactamente así. Una criatura a la vanguardia, impregnada de dolores contemporáneos, pero con un corazón sosegado en algún lugar bajo sus jerséis amplios. Un corazón remoto, inmóvil y, a pesar de ello, siempre agitado por los movimientos del mar, como un ancla.

—A lo mejor me voy a Escocia.

De Calcuta a Escocia hay un buen salto. Gae se ha tomado ya un vaso de vino y asiente ahora con mayor facilidad. Abre mucho los ojos, con esa típica expresión obtusa que pone cuando quiere mostrarse interesado por algo que en cambio se le escapa de manera natural.

Delia está seria, sumida en una de sus habituales expresiones dramáticas. Con la frente tensa como la de un patrón del *New Zealand.*

—No llegamos a ir Nueva Zelanda, y ahora ya no iremos nunca.

Gae exhibe una sonrisilla de las suyas, tierna y despreciativa a la vez. No le dice que él también está pensando en Nueva Zelanda. En ese largo viaje que pretendían hacer con los niños, kilómetros de tierras vírgenes y un montón de ovejas.

Ésa es una de las cosas que más rabia le da, porque lo impresiona. Cuando piensan simultáneamente en lo mismo. Algo sin relación alguna con el presente o con lo que están hablando, que viene rebotado desde lejos y les entra en la cabeza a la vez.

En otros tiempos se reían, unían sus meñiques, *chispa,* y expresaban un deseo, tan estúpido que no volvían a preocuparse por saber si se cumplía. La última vez que sucedió, con su meñique anudado al de Delia, el deseo de Gae fue esperemos ser capaces de seguir juntos.

Ahora le importan un pimiento esos jueguecitos a los que no volverán a jugar y que no les han traído suerte, como otro montón de cosas.

Tampoco los hijos les han traído suerte. Pero ésa es una idea que él realmente se avergüenza de pensar.

Si no fuera por los hijos, no estaría ahí, delante de ella. *Pero ¿quién es ella?* Cuántas veces se le ha ocurrido pensarlo, *¿por qué se mete uno en un* *bolsillo en vez de en otro? Sólo para acabar así de mal.*

Cuántas veces se le ha ocurrido pensarlo, *¿quién te conoce? ¿Quién eres? ¿Por qué me toca aguantar todo lo tuyo? Tus olores más íntimos y todo lo demás. Tu cara desilusionada sentada delante de mí.*

Mira hacia delante, al vacío. Pasa una chuleta que no es para él. Es para el viejo de la mesa de al lado de la pared. Ve una mano anciana y bronceada que se alza para dar las gracias. Debe de ser un viejo *viveur...*, uno de esos clientes con el apellido en la mesa. Sujeta a la camarera de un brazo, provoca su risa. Finge estar tocando el violín.

Hay una academia musical en alguna parte por ahí detrás. Gae recuerda haber oído, un día, notas de instrumentos que salían a su encuentro desde un patio. Tuvo la tentación de asomar la nariz y pedir información. Le gustaría volver a tocar. Nunca estudió, avanzaba por instinto.

Es un error avanzar por instinto. Te lleva hasta determinado punto y después te abandona. Cuando empiezas a endurecerte, ya no te queda nada, el instinto muere joven. Se transforma en sospecha. Y tú no pasas de ser un simple ignorante a merced de tus menoscabos.

Llegaron a hacer el amor a distancia, más de una vez. Sin decírselo, se vieron sudando, doblándose en medio de un parque, en un autobús. Los pensamientos eran tan fuertes, eran brazos que abrían las costillas. Como si el otro estuviera buscándote el corazón por el lado opuesto de la ciudad, a través de muros de coches y de cemento.

—*Hoy he pensado que hacía el amor contigo.*

—*Yo también.*

—*¿Dónde? ¿A qué hora?*

Se exaltaban (eran realmente unos exaltados en aquella época), era un exceso que sólo los místicos conocían, gente que se ejercitaba durante años para ser capaz de fundirse en una dimensión extracorpórea. Para ellos, en cambio, era fácil, necesario.

Pero Gae ya no se lo cree, no recuerda si llegó a ocurrir realmente.

Si Delia no estuviera delante de él. Para recordarle que llegó a ocurrir realmente.

No, era sólo un calentón en busca de un vestido rosa para la fiesta del amor.

Poluciones fuera de programa a causa de sueños húmedos.

Delia ahora está pensando.

Cada vez que tiene de nuevo a Gae delante, sus hombros, ese triángulo de piel que le entra en la camisa, se pregunta por qué no se detuvo, por qué no retrocedió. Ante ese umbral.

Bastaba marcharse con su amiga Micol, como tenía programado aquel verano de vacío tras acabar la carrera. Londres era tan estimulante, a la vanguardia en el campo de la macrobiótica, de los cultivos biodinámicos. Allí habría podido intentar sacar adelante su carrera de nutricionista. Camarera de noche y de día aventura.

Micol aún la sigue llamando, de vez en cuando. Se quedó allí, en un piso de South Kensington. Trabaja como escenógrafa en el teatro y está cabreada con los *labours* como una perfecta británica progresista. Ella también tiene un hijo y un compañero-marido. Que le ha sido infiel y a quien ella ha traicionado. Pero están muy unidos. Delia no entiende cómo pueden estar tan unidos y agitar sus pelvis en camas ajenas.

O tal vez lo entienda. Ahora entiende muchas cosas que hubiera preferido no entender jamás. Conoce todos los matices del gris.

El negro es un color que ha visto y que ha rehuido. Y, sin embargo, sigue allí.

En cuanto al blanco, a estas alturas ya sólo pertenece a los niños. A sus cuellos cuando no se sienten bien, a las hojas en las que dibujan.

Podía haberse ido ella también, lejos de ese barrio, de ese parque donde de joven fumaba porros y ahora lleva a sus hijos y recoge los papelajos que otros tiran.

Podía haber llevado otra vida, más desinhibida. Una de esas vidas solitarias y egoístas en las que puedes decidir irte a Calcuta o a Aberdeen, perderte. Encontrarte.

Acabó encontrándose, de todas formas.

Una vez le dijo a Gae *las personas llegan a ser simplemente lo que son.*

Pero ella no era eso.

Era realmente mucho más pura. Y si la vida ha de consistir en esa estafa...

De modo que ella era eso.

A sus treinta y cinco años, con una puerta cerrada a sus espaldas, abatida, rota.

A sus treinta y cinco años, aún quieta en el umbral.

Bastaba con mirar atentamente a Gaetano para darse cuenta de que no era adecuado para ella, de que no eran adecuados. No estaban a la altura de la empresa que pretendían realizar. Dos inconstantes repletos de agujeros emocionales. Se habían husmeado a base de bien en el transcurso de unas cuantas horas. Convencidos de poder rellenar cada hueco con la mera fuerza del pensamiento. El germen de la destrucción se albergaba ya en aquella exaltación. Dos tímidos empedrados de desquites que peloteaban con una sola mitomanía, la de su unión. Un mortal ejemplo de pareja contemporánea.

—En Escocia hará fresco, por lo menos.

Claro, ella no soporta bien el calor y él, como es natural, está al corriente. Todo está demasiado cerca como para obtener la gracia de olvidar algo que la atañe.

—No lo sé. Tal vez no me vaya, me quede. Me encerraré en casa, me pondré a leer.

Gae no se pregunta qué libro estará leyendo ella o le apetecerá leer.

—Sí, tal vez sea una idea mejor.

Era algo que cuando vivían bajo el mismo techo le interesaba. Él se daba atracones de porquerías, autobiografías de cantantes rock o de jóvenes neonazis tatuados hasta las córneas, manuales para aspirantes a escritores. Ningún año podía reprimir

Ese coñazo de niño que te mira, lleno de mocos.

Y es realmente pequeño. Y es realmente el tuyo. Y sabes que es realmente injusto. Pero no puedes hacer nada.

Las cosas se han torcido y después se han anudado retorciéndose como ramas embrujadas y tú estás en ese bosque con un tronco que te oprime el pecho. Te ahogas.

Gaetano se aferraba a la Wii, tomaba las curvas a trescientos por hora con el simulador de conducción. Ella intentaba que volviera con los demás.

—*Intenta mirar durante diez minutos la mano de Cosmo.*

Él se rió.

—*Ya la he mirado, ¿y qué?*

—*No lo has hecho durante diez minutos.*

—*Es igual, qué coñazo.*

—*Si miraras realmente esa mano...*

—*¿Qué?*

—*Sabrías dónde estás. Dónde deberías estar.*

Esa noche están en este restaurante con mesas que son ya de verano. Otras parejas sentadas a su alrededor, otros vinos.

Delia contempla a su exmarido, esa cara inocente, siempre algo asqueada. La cara de uno que nunca ha llegado a nada, que siempre se ha escabullido un instante antes. Siempre fue un cobarde, si se piensa con atención. Si se le quita esa sonrisa. Esa

su vieja costumbre de regalarse el libraco de los récords Guinness. Se partía de risa ante el hombre de la piel más extensible del mundo asaetada por el mayor número de *piercings*. Lo exaltaban las deformidades, los gigantismos, los embarazos múltiples en los que los fetos parecen hormigas en sus agujeros.

—*Deberías preguntarte por qué te gustan las cosas anormales y repugnantes...*

—*Me divierten. Me estimulan.*

—*Te alejan de la realidad.*

—*Eso es lo que quiero.*

A él lo que le repugnaba era más bien la normalidad, no quería permanecer en ella hundido hasta el cuello. Adoraba el terror de serie B, el género fantástico psicodélico.

—*Eso es lo que los libros, las películas deberían hacer..., darte una patada y alejarte lo más posible de tu propia mierda.*

Se había adaptado a vivir en la salmuera de los anticipos por las series televisivas. Pero el fardo que tenía desde hacía años en el archivo del Mac era eso, una pesadilla de alucine químico, una fábula urbana con enanos y hadas furcias. En sus mejores veladas, le leía algunas páginas a Delia y se conmovían un montón.

Delia adoraba las historias sin auténtica trama, sólo sensaciones que se difunden, seres humanos que se rozan sin alcanzarse jamás. Polvos sin eyaculación.

Sí, la misma historia que cuando se iban a la cama. Él hubiera querido descargarse mucho antes, y ella, en cambio, se quedaba allí al acecho mirándolo fijamente, en espera de quién sabe qué eternidad.

Ella pillaba siempre los mejores libros. Escritores africanos, autores menores, desconocidos. Se los proporcionaban en una pequeña librería y tenía cierto olfato. Como señal colocaba una horquilla del pelo entre las páginas. Tal vez fuera simplemente el hecho de que ella los hubiera escogido lo que hacía mejores esos libros.

Esta noche, la mera imagen de Delia acurrucada en un sillón, con camiseta y la cara sin maquillar, sumergida en la lectura, le provoca una ligera náusea.

Esta noche lo sabe. Las personas deberían dejarse antes de llegar a ese punto. Al que han llegado ellos. Porque después se te queda encima demasiado dolor.

Pero no ocurre así: se llega hasta el final, se apura toda la mierda, incluso la que no te corresponde, la que se desborda de los sumideros, la del edificio entero, la de la ciudad entera, la de todas las parejas que se han dejado antes que vosotros, al mismo tiempo que vosotros. Porque la mierda habla en sus canales subterráneos y se consulta. Todas las parejas que se dejan se meten en el mismo agujero, repiten el mismo paseo por el castillo de los horrores.

No, no habría que llegar hasta donde ellos dos han llegado.

Con los primeros síntomas, habría que marcharse, abandonar el campo. Total, nunca mejora, sólo empeora y empeora.

La gente, en cambio, no lo sabe. La gente confía y sigue sufriendo.

Pero nadie sabe cuánto, sólo quien lo ha vivido sabe cuánto se llega a sufrir.

Cuando vas y cuando vuelves. Cuando empiezas a arrojar las cosas, la taza del café en la que te has servido vino, el montoncito de los CD. Cuando el niño pequeño llora y el mayor se limita a respirar, como un gato que procura que no lo encuentren. Porque ya lo ha aprendido. Y tú ni siquiera miras a tus hijos, porque sencillamente no los quieres ahí, tocándote los cojones. Porque no quisieras haber traído tus cojones al mundo. Porque sientes realmente que no vales nada. Así es como ella te ha dejado.

Tienes razón. Sabes que tienes razón.

Ella también sabe que tiene razón.

Sin embargo, ya no hay razón que valga.

También los niños saben que no son una buena razón.

Ellos también saben que no son nada.

Nadie es ya nada. Hará falta tiempo para volver a ser algo. Perros heridos y peores.

Pero entre tanto la familia está muerta. Formada por gente irrazonable. Por niños desmadrados, que se mean en la cama y tienen hambre a las dos de la mañana.

Éste es el momento clave. Cuando os habéis matado y seguís viviendo, víctimas y asesinos en la misma mierda de cocina.

El momento en el que querrías morir y sabes que, por el contrario, nadie morirá, y eso es incluso peor.

manera que tenía de atacar su flanco débil como a una planta sacada de su tiesto para besarla con tanta fuerza. Para decirle esas cosas..., *te echo de menos, te echaré siempre de menos, no puedo vivir sin ti, has nacido para mí, he nacido para ti.*

Son los osos de peluche los que le joden a uno. Ahora lo sabe. Los falsos osos de peluche. Esos que suscitan esa clase de nostalgia. La de un muñecote suave al que meter entre las sábanas contigo.

Era ella la estúpida. A la espera, como una mendiga a la salida de un cine en el que proyectan una historia de amor.

Se apoya en la silla. Intenta mirar a Gaetano desde una cierta distancia. Si cierra los ojos ligeramente, puede anestesiar ese cuerpo.

Ahora, todos los días, hace veinte minutos de meditación. Ha buscado la técnica en internet. Es una buena ayuda. Expulsar la jauría de pensamientos. Limpiar la pizarra.

Esta mañana, se ha concentrado en las manzanas que tenía en la cocina. Ha penetrado en la pulpa, en el aroma, en las semillas del rumiajo.

Más tarde, cuando ha partido en gajos una de esas manzanas para los niños, ha llorado un poco. Pero era un llanto bueno.

Debe aprender a *estar*. Sencillamente, estar. Regresar al interior de su vida. Sacar la mano de aquel guante, definitivamente. Dar un paso al frente.

No es fácil para una mujer que se ha quedado quieta en el supermercado empuñando una botella de leche sin saber adónde ir.

Gaetano sonríe. Siente el peso de esa mirada que no lo ama y que lo juzga. Golpea la mesa con la pierna. Está impaciente. Tiene hambre. No sabe qué tiene. Hace que la mesa tiemble.

Delia presiona con la mano para detener esa vibración. Y siente ese nerviosismo que él le transmite..., un cortocircuito de polos equivocados.

Se le viene a la cabeza el parto de Cosmo.

También aquella noche temblaban.

—¿Para qué estamos aquí?

—Para hablar del verano de los niños...

Llega la chuleta. La camarera la deja sin más. Gaetano levanta el tenedor, lo dirige hacia Delia.

Por un instante, le recuerda a Cosmo, cuando pide que le confirme algo y aguarda con esos mismos ojos asomados al vacío.

Gaetano aferra también el cuchillo, corta a lo grande, se mete un buen trozo en la boca, mastica como un caballo, como si acabara de desgarrar algo.

Delia lo roza con los ojos, sin mirarlo realmente, suspirando. Está impaciente y no tiene hambre. No tiene nada que esperar.

Cuando le ponen delante el potaje de arroz se queda mirándolo como a un planeta lejano, una luna en un pozo, inalcanzable.

—¿Qué tal?

La cabeza de Delia oscila. No es un sí, no es un no.

No debería haberla invitado a cenar fuera. Debería haber subido a casa, estar un rato con los niños en brazos y después hablarlo en la cocina mientras Cosmo y Nico veían un DVD que él habría puesto en la PlayStation.

Algo rápido, razonable y práctico. Ella descalza, con los pantalones del chándal, y él sin quitarse ni el chaquetón.

Ni siquiera le entrarían ganas de quedarse, sino sólo de huir lo antes que pudiera. A esas alturas, le bastaba aquel olor, de coladas tendidas en casa, de comida, para notar unas ganas irrefrenables de desvanecerse y de deslizarse maltrecho en la noche. Como tantas y tantas veces había hecho, con las zapatillas de fútbol sala y el pijama. Entraba en aquel bar, de serrín en el suelo y videojuegos.

Pero Delia ya no le dejaba subir a casa.

—Los niños sufren al ver que luego te vas.

Los usa ya como escudo entre ellos, les desplaza las cabezas, sólo deja que vean lo que ella quiere.

—Tienen que acostumbrarse a que ya no vives con nosotros.

—¿Te estás reorganizando?

—¿Perdona?

—¿Sube alguien a casa?

Gaetano la escruta con una cara estúpida, gomosa..., la de su vecino enfermo de Alzheimer. La cara de alguien que olvida.

—Tienes todo el derecho.

—Yo no soy como tú.

Él sonríe, asiente. En algún sitio, es feliz. Levanta el vaso.

—Tú eres mejor que yo, ya lo sabemos.

—No hace falta mucho para ser mejor que tú.

—Salud.

La ha invitado a cenar fuera de esa caja doméstica donde ella, la pobre, se ha quedado. Pobre unas narices, visto que se ha quedado en la casa de ambos, donde él montó todas las estanterías y se inventó los altillos.

Desde luego, él sería incapaz de apañárselas solo con los niños. Los mimaría en exceso, no los llevaría a tiempo al colegio. Perdería el chupete de Nico. (Solía acabar debajo del sofá y le tocaba siempre a Delia agacharse para buscar aquel chupete como una reliquia, porque era un viejo modelo Baby Chicco y Nico no quería ningún otro.) Una pareja que va por ahí con un niño de dos años y un solo chupete de consuelo es una pareja ya socavada en su equilibrio, siempre en tensión. Cuántas veces lo había pensado, el sábado por la tarde, mientras iban a IKEA. *Si perdemos el chupete, estamos jodidos. Nico empezará a llorar y no parará y nosotros enloqueceremos, yo meteré la cabeza en el horno.*

—¿Nico sigue aún con el chupete?

—Cómo se te ocurre que vaya a dejar el chupete ahora precisamente..., con todo esto.

Ni siquiera había intentado proponérselo, vete tú. Me quedo yo. Quizá hubiera sido capaz de quedarse solo con los niños. Pasados los primeros momentos de desarreglo natural, de comida enlatada y calzoncillos cagados por todas partes, habría empezado a poner orden, a establecer algunas reglas. Se habría acordado de qué hacía y cómo se organizaba ella. Mejor dicho, se habría organizado mejor él, con esquemas menos monótonos. Tenía una gran fantasía y le gustaba jugar. Habría quitado la canasta de baloncesto, donde Delia colgaba las perchas con las camisas húmedas, y habría clavado en la pared un buen saco de boxeo. Habría montado a hombros a Cosmo, *¡venga, golpea! ¡Golpea!* Le hacía falta un poco de pugilato a aquel niño, era demasiado intelectual. Habría pintado toda la casa, cambiado los muebles, tirado de una vez esa mierda de sofá descolorido. Deprisa, con la música de fondo. Como en las películas, cuando cuentan el paso del tiempo con escenas muy rápidas. Se veía en el papel, la camisa manchada de pintura, las pizzas por la noche.

No, las pizzas no.

Iba a comprarlas cuando estaban juntos. Y cuando llegaba con aquel aroma era realmente un bonito espectáculo. Los niños estaban tan contentos como E. T. cuando está contento en la película. Él se abría una lata de cerveza y le llenaba el vaso a Delia.

—*Ten, amor mío.*

Habría aprendido a cocinar, hamburguesas, espaguetis.

Aunque para un acontecimiento tan milagroso tendría que estar viudo por lo menos.

Se había imaginado de viudo, cuando ya no sabía cómo salir de aquello. Delia moría y él lloraba, desesperado por fin a causa de un luto real.

De haber estado muerta, podría amarla inmensamente, lo sentía.

Era la vida lo que los separaba, la sangre que bombeaba aún con demasiada fuerza.

Él solo con los niños. Tres pequeños huérfanos. Se meterían en la enorme cama todos juntos.

Ya lo habían hecho, en ese asco de apartamento semienterrado que él se había alquilado en el apartotel de Viale Somalia, provisionalmente, como suele decirse. Con aquel hedor a moqueta podrida, a fritura china, a autobús. Gae había comprado unos helados, se los había puesto en las manos, goteaban porque el congelador era el que era.

—*Venid aquí a la cama con papá.*

Y allí se quedaron, incómodos, sin almohadas para apoyarse. Una buena parte del bombón helado de Nico se cayó en la colcha. Tenía ganas de hacer pis pero no lo decía. Cuando lo puso ante la taza ya estaba todo mojado. Gae cogió el secador y se pasó el resto del tiempo secando los pantalones de Nico. Notaba el olor a pis que se evaporaba. Notaba el fantasma de ella ahí delante. Gae se encendió un cigarrillo para darle fuego.

Si ella estuviera muerta, en cambio, nadie habría podido decirle nada, ni siquiera su suegra habría podido hacerle reproche alguno, decirle eso que le había dicho cuando se fue, *eres un irresponsable, sois dos irresponsables.* Que dicho por una como ella...

Delia también se había imaginado viuda.

Gae se caía de la moto. También ella lloraba, se desesperaba por todo lo que habían estropeado juntos.

En esas alucinaciones, Gae volvía a ser el chico maravilloso del que se había enamorado. Todas las raíces podridas que los enredaban se desprendían de repente, los liberaban, morían con él.

Se imaginaba mientras preparaba a los niños para el entierro. Los abrigos azules, regalo de la abuela, las medias sobre las piernas blancas, el pelo reluciente como dos niños de otro siglo. La gente se alejaba enmudecida. Y se quedaban sólo los tres ante la tumba, las hojas rojas, movidas por el viento... Ella se arrojaba al suelo, con su vestido negro. (Sí, negra y delgada como un palo de regaliz.) Y lo amaba desesperadamente y sentía nostalgia de su boca y le pedía perdón por todo, por todo.

Haría el amor con Gae, como loca, con punzadas en el pensamiento igual que antaño. Estremeciéndose en el vacío, un gesto extremo, a la altura de la promesa inicial.

Ya no hacían el amor. La mera idea suponía un esfuerzo. Un choque físico contra una cosa dura. Casi un acto de violencia.

Delia se lo dijo una vez, una de las últimas veces que lo hicieron. (¿Por qué no podía quedarse calladita nunca? ¿Por qué ese exhaustivo afán por decirlo todo? ¿Por qué no había aprendido que toda esa sinceridad, en el amor, no sirve de nada, nos hace peores?)

¿Cómo es que no te das cuenta de que estás solo? ¿De que estás follando contra una pared? ¿Qué soy yo para ti, una de esas hendiduras del radiador?

Entonces le salió la frase infame, de manual de los cojones, que más de los cojones era imposible.

—Me he sentido violada.

Gae se apartó de ella como si le hubiera mordido una víbora, aterrorizado, invadido por el veneno que definitivamente había entrado y bajaba. Las venas azules, el dolor en los ojos. Ofendido. Más que ofendido, herido por la espalda. Como alguien que ni siquiera merece ver la muerte cara a cara.

Se marchó medio desnudo, dándose golpes contra todo, como una sombra sin cuerpo ya al que seguir.

Quiso pedirle perdón de inmediato. Mil veces perdón. De rodillas, como en otros tiempos. Como en otros tiempos, cuando le gustaba tanto sentirse violada. Y Gae no era exactamente un violador, se afanaba por parecerlo. Se daba la vuelta. *Perdona, ¿te estoy haciendo daño?* Igual que un niño.

Sí, exactamente igual que Cosmo, cuando le tiraba del pelo por la noche.

Cuántos cuerpos se mezclaban durante esas noches. Los de los niños, puros e inocentes, y los suyos, tan descontentos que parecían sucios.

Oyó a Gae dar un portazo al marcharse. *Eso es, largo, muérete. Con suerte acabas bajo las ruedas de un tranvía. Uno de los dos debe borrarse de este mundo. Simplemente, no sabemos vivir juntos.*

Después, en cambio, estuvo esperándolo. Le bastaba con que Gae se alejara para volver a sentir cierto amor por él. Estuvo mirando a los niños dormidos, los estuvo acariciando, y estuvo esperándolo.

Podemos conseguirlo. Debemos conseguirlo. Por ellos.

Pero nunca se consigue por los niños.

Y ellos saben que no cuentan, y se las apañan como pueden. Ponen las tazas para el desayuno, espían las miradas, los silencios. Dan besos aquí y allá, con el terror a equivocarse de momento, a equivocarse de mejilla. Esperan ellos también. A que el amor vuelva.

Le bastaba con que él pusiera mal un vaso para despreciarlo.

Minúsculas negligencias que toleraba de cualquiera sin prestar mayor atención. Pero no en su caso. ¿Qué pretendía de él?

Todo, sencillamente todo. Y eso había sido la verdadera equivocación. Encerrarse en un solo amor y pedirle todo. Sencillamente porque todo te hace falta. Aprender todo desde el principio, a caminar, a vestirse, a hacer el amor. Y todo se lo habían dado, todo se lo habían enseñado. Una nueva vida en común, formada por dos seres húmedos e inseguros como dos potrillos recién nacidos que se ponen en pie e intentan aguantar así.

Y ellos, por el contrario, no habían sido capaces. Era duro de aceptar.

Gae entraba en casa, *hola,* y seguía su camino. Buscaba sus cosas, el pincho del ordenador, el chándal impermeable para salir a correr. Se acercaba a la nevera. Hubiera debido aceptarlo. Los niños siempre entre medias.

—Estoy muerto de cansancio.

—¿Qué ocurre?

—Nada, no ocurre nada.

Coño, qué respuestas más feas. Y tan normales, sin embargo.

Pero si no ocurre nada, ¿qué estamos haciendo aquí, bajo este techo común? La cama era estrecha y tenía olor a suavizante. Ella cogía un libro para estar tranquila y evadirse. Le molestaba hasta que él se girara.

—*Vete a ver un rato la tele, si no duermes.*

Para él era normal. Él se adaptaba mejor a la vida. Era evidente que lo sentía, notaba que ya no era como en otros tiempos. Que el pelaje se había secado y los potrillos eran dos jamelgos, de esos con los que los niños dan vueltas en el parque.

Pero él acabaría adaptándose. Era más optimista, siempre lo había sido.

—*¿Qué te parece? ¿Bajo a comprar unas pizzas?*

Le bastaban las pizzas. Esas cajas calientes, ese jamón blando. Y ella lloraba todas las noches.

Todo afloraba. Su madre y su padre separados desde siempre. La madre en bikini que le decía *y tú ¿qué miras?* Ella miraba el vello que le asomaba del triángulo. Percibía algo desagradable, una vida que acabaría por torcerse. Porque ella miraba cosas que no debía mirar. Imaginaba. Y en el fondo había siempre una nube, un trozo negro, un murciélago muerto. Como ese que se habían encontrado encerrado en la casa de la playa. No había nada que explicar. Porque no podía explicarse.

Le volvía a la memoria aquella función teatral, *Tres hermanas*. Tres pájaros aprisionados. Tres niñas decrépitas. Había un enorme velo de gasa sobre el proscenio. La dejó muy impresionada. La boca del escenario parecía cernirse sobre la platea. Y ella tuvo que mantener el cuello en tensión todo el rato, con la barbilla levantada. Se sentía aplastada contra aquella pared de luz polvorienta. No escuchó una sola palabra de los actores, les dejó moverse detrás de la gasa como espectros. Permaneció con la boca entreabierta todo el tiempo. Agua que le entraba dentro. Un manantial fresco.

Y ahora sabía qué había estado buscando. Sencillamente, el mundo anterior a su nacimiento.

No hubiera querido nacer nunca. No hubiera querido ver nunca el vello de su madre asomando del bikini.

—*Y tú ¿qué miras?*

Era sencillamente una mujer tumbada tomando el sol, un derecho sacrosanto. La barriga en la que había vivido, en la que se había formado, no podía ser aquélla, aquella losa algo pesada, oscurecida a causa del sol.

Le resultó natural, un día, dejar de comer. Sencillamente, se encontró a sí misma, tal como quería ser. Un velo tenso en el que sólo se deslizaba el alma. Viva, increíblemente viva por hallarse sin soporte, en un estado de premuerte.

Se sentía muy feliz. Eso es lo que recuerda. Increíblemente feliz. Se dominaba a sí misma con extrema facilidad. No tenía necesidad de las cosas del mundo, de sus bares, de sus restaurantes.

Su madre, de vez en cuando, la llevaba al restaurante. *Pide, come lo que quieras.* Fiamma siempre estaba a dieta, picaba del plato de su hija.

Ahora le bastaba una manzana, caminaba durante horas.

Fueron días tan fáciles. Como en los inicios de una drogadicción, cuando te lanzas a esnifar cocaína o a ponerte de anfetaminas. Conocía a un buen montón de santas modernas, ayunas y neuróticas, atiborradas de visiones químicas.

Ella lo hacía todo sola, detestaba cualquier forma de dependencia.

Sólo dependía de sí misma.

La sensación de dominarlo todo desde el momento en el que eres capaz de dominar el hambre.

Despertarse por la mañana con un agujero. Registrar cualquier movimiento interno. El placer de sentir que el hambre se aleja, como una cola inservible, que las paredes ya no tienen mucosidad, que parecen unirse como una presilla. Y seguir teniendo, sin embargo, un montón de energía, producida por la psique, por un gas interior.

Fueron días felices. Aguardando a que asomaran los huesos, como flores que se abren por la mañana.

Y ella estaba dentro. Exactamente igual que los drogadictos.

Las fuerzas se le escapaban, las visiones se volvían polvo. Cosas de comer cubiertas de polvo. Pero no podía hacer otra cosa más que continuar. Continuar vomitando verde.

Quería salir, pero no era buena voluntad. Era una forma de mentira.

Pensaba en la vida. Miraba la vida de los demás. De las chicas normales, con un cuerpo. Con los pantalones vaqueros ciñéndoles el culo.

Pero ella estaba definitivamente dentro de aquella otra crisálida de vida, prisionera. La de los moribundos, la de los místicos con sus ínfulas.

Ya no caminaba. Se pasaba las horas tumbada en la cama. Sus cabellos parecían pelusa de ratón. Y su palidez era la de un cuerpo exhumado. Ceniza que se mantiene compacta.

Delia se fue a vivir a un piso con Micol, estudiaba biología. Insectos, vidas mimetizadas. Su madre iba a visitarla con su compañero. *(¿Tu hija es lesbiana?)* Ruidosa, indiscreta, no entendía. También Fiamma se había visto obligada a realizar su *recorrido,* había hablado con los especialistas. Nunca hablaba de comida. Era como hablar del diablo. De ese vello asomando del bikini.

Delia llevaba su diario alimenticio.

No pueden decirse las cosas. Las palabras suben desde el fondo pero se quedan ahí como peces muertos. El alma es la verja de un cementerio marino. No entres bronceada, con los pies descalzos y un bocadillo en la mano. Respeta a esta hija. A este ser que sufre desde hace demasiado tiempo, desde demasiado lejos. No hay verdaderos responsables. Puedes considerarte inocente. Sencillamente, así han ido las cosas.

Demasiado frágil para vivir y demasiado fuerte para morir: eso era Delia en aquel entonces.

Esas penosas escenas en las tiendas, cuando se compraba algo. Esas tallas de niña. Las miradas de las dependientas.

Y las rodillas que empezaban a dolerle de verdad. Y la caca que era como la de los conejos, diminutas bayas del bosque.

Años después, Gae le lamería esos dientes roídos por la anorexia.

—*¿Qué miras?*
—*Miro todo de ti y todo me gusta.*
—*¿No tendrían que limarme estos dientes?*
—*Ni se te ocurra.*

Tampoco esta noche le apetece la sopa. Se le queda en la garganta, le cuesta un enorme esfuerzo deglutir. Los granos de arroz parecen trocitos de yeso. Sin embargo, sabe que debe hacerlo. Debe comer.

Despacio, lentamente. Alimentarse.

Tiene a los niños y no puede permitírselo. Tiene miedo de eso, es a lo que más miedo tiene. Porque está fuera de su control. Da la sensación de controlarlo todo, pero está fuera de control.

Y ella es una de esas que lo tienen todo bajo control.

Desde que tuvo a sus hijos, se descubrió como una excelente organizadora. Capaz de pensar en una infinidad de cosas al mismo tiempo. Cuando piensa, se muerde una mejilla con los dientes y se queda así. Es como una pinza interna, de esa mejilla pega ella los *Post-it*. Ahora tiene un callo allí dentro, donde se hunden todas sus preocupaciones.

Deja de comer, aprieta los dientes, se cuelga de esa mejilla.

—Me he instalado bastante bien..., hago la compra..., he comprado un aspirador..., lo hace todo solo. Fenomenal. ¿Por qué no nos compramos nunca un aspirador, tú y yo?

—Bah...

Gae tiene la barbilla grasienta por la carne. Delia quisiera alargar la mano, su servilleta. Es un reflejo condicionado, limpiar mentones.

—Es un apartotel..., un sitio de mierda...

—Ya lo sé.

—¿Te lo ha dicho Cosmo?

—Sí...

—A Nico le gusta..., el papel de las paredes, los animalillos blancos..., está lleno de esos animalejos del polvo. Por eso he comprado un aspirador.

Empuja la lengua contra las mejillas, a un lado, al otro después.

—No puedo seguir allí mucho...

—Límpiate la barbilla.

Gae está pensando en el menor, en Nico. Lo echa de menos. Sacarlo de paseo era como tener un mapache boreal colgado del cuello. Se lo llevaba en bicicleta al parque y Nico se quedaba dormido en el sillín. El pelo, está pensando en su pelo, liso y algo rojizo, como el suyo. Delia ya no deja que se lleve a los niños.

—No puedes hacer lo que te salga de los cojones.

Le han dado sus días, el juez se los ha dado.

Se encontraron en las escaleras del Palacio de Justicia, aquella mañana de mierda. Hace un mes. La última vez que se vieron. Hacía ya calor, pero Delia iba con su chaqueta de terciopelo forrada. La que siempre estaba colgada en el recibidor.

El juez era un joven calvo. Una especie de inocentón encorsetado.

Le dio la razón a ella.

Ella no quiere que él pase así sin más, media hora, con algún regalito, o con un paquete de caramelos que les estropee la cena.

—*Se ponen nerviosos, se ponen raros, dejan de hacerme caso.*

Es demasiado fácil llegar, soltar un cacahuete e irse tan tranquilo.

Cuando estaba con un pie dentro y otro fuera, era eso lo que hacía. Llamaba al telefonillo.

—*¿Puedo subir?*

A menudo era Cosmo el que contestaba.

—*Pregúntale a mamá si puedo subir.*

Se equivocaba, no se mete en medio a los niños. Es que tenía ganas de olerlos. Porque sus pasos lo llevaban lejos, pero al final volvían siempre allí. Paseaba arriba y abajo antes de llamar. *Puede que baje a sacar la basura, la sujeto por un brazo. A ver, ¿qué vamos a hacer?*

Una vez intentó volver a darle un beso. Ella llegó incluso a abrir la boca. Pero también las lenguas estaban llenas de rabia, dos espadas medievales. ¿Cómo es posible hacer el amor con el hierro? Haría falta la polla de Iron Man.

La lengua era lo que más le había gustado de él. Pequeña, roja, sosegada y repentinamente llena de nervio y de sangre como ella.

Horas de besos. En los parques, contra las paredes, como los adolescentes cuando empiezan a probar, a sondear otro cuerpo por dentro. Gusanos calientes, adheridos de aturdimiento, que se dejan caer, resbalar. Él se metía en aquella boca y caía por ella, movía la lengua como un cucharón en la polenta. Te ibas, te volvías húmedo y repleto de llamas. Crecías junto a la saliva. Ya no eras el pobre gilipollas de una semana antes. Porque ella te quería como una sanguijuela, como una planta en busca del sol. Como todas las cosas estúpidas que se buscan en el mundo sencillamente para vivir.

Se separaban un momento y se miraban, satisfechos. Por nada. Por aquel rumiar. Después volvían a la tarea. Como obreros sudados. Porque de eso se trataba. Cimientos de saliva para un amor.

¿Cuándo dejaron de besarse?

Fue ella la que se retrajo, la que torcía un poco la boca si lo intentaba en pleno día. Que en realidad es sólo la tarde, pues el resto del día se te va (no se sabe cómo, pero se te va) y sólo te queda la tarde para verte, para volver a hallarte cerca.

Ella cocina y tú sacas los cubiertos del cajón, la miras de espaldas y piensas que es ella, que habéis hecho todas esas cosas, que la has visto parir. Te ha dado un hombrecito, tan pequeño como lo eras tú. Y tú has llorado porque podías volver a empezar desde el principio con otro tú mismo virgen. Y lo harías mejor. Porque eras de otra generación, más sensible. Llevabas en los huesos las gilipolleces de tus padres. Y no las repetirías. *Te lo juro, hijo mío, no las volveré a hacer.* Son los pensamientos de todo muchacho que se convierte en padre, pero en ese momento son sólo tus pensamientos.

Se te vuelve a la cabeza el flash de aquella noche. Te acercas para darle el beso ese de los cojones, por más que ella lleve una camiseta de estar por casa y su cara no sea precisamente de amor. No sea precisamente de película. Pero os lo habéis dicho muchas veces: *es la vida la que nos devora, pero cuando nos vemos otra vez solos, el idilio arranca de nuevo.* Porque siempre podemos volver a enamorarnos. Hay parejas que hacen el amor hasta poco antes de morir. Y tú estás convencido de que os queda una oportunidad. Recoges el libro, uno de esos libros épicos que lee Cosmo, te acercas a ella.

Pero quizá le hayas girado mal el cuello. Y ella estaba tensa. No le gusta cocinar, pero ahora debe hacerlo todas las noches. Te llega esa boca torcida, la paresia de alguien que ha sufrido un ictus.

¿Apenas un paso fuera de la juventud y ya tan alejados? *Coño,* piensas.

Entonces te dices *hay que disfrutar antes. Antes de que nos den por culo, porque éste es un mundo que nos da por culo.*

Porque hasta puede que un día te dé un ictus de verdad.

Gae ha leído muchos libros acerca de la segunda vida.

Sobre gente que renace después de un terrible accidente y por primera vez se percata de una mariposa o de gilipolleces parecidas.

Era para un proyecto televisivo. Diarrea que diluir en seis episodios. Hacía falta una paz desconocida para él. Se le habrán hinchado los cojones de verdad. Sentía su peso de verdad abajo, como ese vagabundo con orquitis al que ve de vez en cuando en el parque. Uno que tiene sujetos los pantalones con un trozo de cuerda y deja a la vista todas sus cosas. Esa enfermedad patética que exhibe para atrapar los ojos de los transeúntes y escupir en ellos.

Ahora piensa en la orquitis. En esos cojones visiblemente hinchados de manera anómala. Los de un vagabundo en chándal. De alguien que ha levado anclas y enseña ahora el paquete hinchado. De dolor, de desconfianza, de choteo. Hinchado.

Gae piensa en cómo se comportaría él con unos cojones que necesitaran una carretilla.

Si tuviera capacidad, metería todas estas ideas, todas estas imágenes, en un libro. Le gustaría escribir un libro, la historia de un chico que cruza la calle, se mete en un parque y cambia de identidad.

Sí, le gustaría escribir un *Hacia rutas salvajes* miserable. En vez de los bosques de Alaska, los árboles al final de Via Salaria, con las antenas y el canalón de la lluvia.

Pero ¿por qué llueve tanto?

Ésa fue una de las últimas preguntas que se hizo. Harto del barro y de todo lo demás. ¿Dónde coño ha ido a esconderse el sol?

Él no cree en la segunda vida. Quiere disfrutar de ésta.

Le gustan las películas sobre la eutanasia. Sobre gente que dice no, no voy a quedarme clavado aquí viéndoos vivir.

Es lo que le dijo a Delia cuando se dejaron. Se sentía ya un enfermo terminal en aquella casa.

—Déjame que la palme en paz, desenchúfame, enfermera.

Es lo que están haciendo esta noche también, sentados en esa casa de comidas con mesas al aire libre y camareras con la tripa a la vista y vaqueros recortados.

Están allí clavados viendo vivir a los demás.

Han desarrollado esa emotividad negativa.

Por otra parte, cómo van a estar alegres después de todo lo que ha ocurrido.

—¿Y no podéis vivir separados en casa?

Se lo dijo Cosmo, la noche en la que Gae tiró del mantel e hizo añicos la cena.

Cosmo se quedó mirando aquel derrumbe, con su cara de hombre decidido. Parecía Berlusconi ante los escombros del terremoto de L'Aquila.

Estaba dispuesto a dejarle su habitación. (Era allí donde Gae se quedaba dormido a menudo, en el suelo, sobre la alfombra de las ranas, entre las dos camitas.)

—Pero ¿qué dices, Cosmo?

—Me lo ha dicho la maestra.

Fueron a hablar con la maestra.

—De esas cosas discutimos en clase, es natural.

También la maestra se había separado. Para levantarse la moral se había operado las tetas. Tenía dos bonitas pelotas sintéticas, tirantes debajo de la blusa. Que los padres miraban. También a Gae se le había pasado por la cabeza. *La invito a tomar un café para hablar de Cosmo.* El pelo revuelto, las ojeras, le hubiera gustado poner en juego su atractivo de sufridor. Le gustaba la idea de la maestra, era bastante cinematográfica. Reclinar la cabeza entre esas dos tetas de estrella del porno mientras ella declamaba *En la torre el silencio era ya alto...*

—¿Siguen estudiando a Pascoli?

—No, estudian a los masái. La larga carrera de los masái.

Rieron, como solían reír al final, para no desesperarse. De ellos mismos y de su época democrática y confusa.

Delia alza una mano para colocarse el pelo detrás de la oreja.

Gae sólo se da cuenta en ese momento de que se ha cambiado la raya. Se la ha quitado del centro y la ha desplazado a un lado. Tal vez porque ella también se ha desplazado hacia un lado, al de su soledad.

—¿Te apetece un poco más de vino?

Ella coloca la mano sobre el vaso, menea apenas la cabeza.

Él bebe.

Delia tiene esa cinta de cabellos que le cruza la frente. Ahora, Gae piensa en un telón. Abierto a medias.

De joven le hubiera gustado escribir para el teatro, había empezado como ayudante voluntario. Teatros menores, harapos traídos de casa, directores delirantes y hambrientos que devoraban salchichas crudas por la noche. Se había sentado en la oscuridad en sillones manchados de humedad, de agujeros de cigarrillos.

Era un chico de extrarradio, cuando llegaba con el ciclomotor al centro, su cara era un cementerio de mosquitos. Esa gente le parecía realmente genial. En aquella época estaba muy empapado de ideología, detestaba la televisión y el país que arrastraba consigo. Aún pensaba que habría un antídoto. Alguien que mantuviera alta la guardia, para decir *atención, gente, que no es así como funciona, no es así como funcionará.* Nos volveremos todos más pobres y más tristes y los jóvenes ya no sabrán adónde ir a parar. Ya no tendrán ganas de tragarse mosquitos, se lanzarán todos a ese centro comercial para el casting de *Gran Hermano.*

Aquellos comediantes le parecieron las personas más adecuadas. Tenían un montón de palabras en la boca y las dejaban rodar muy bien, como piedras; eso le parecía.

En aquella época, Gae no sabía hablar. Vivía de pensamientos enterrados que no era capaz de expresar. Creía que las palabras valían, y mucho.

Los comediantes bebían, botellas de licores digestivos, vodka.

Una noche, uno, el que interpretaba a Torvald, agarró del cuello a otro, le rompió una botella en la cabeza. Esa noche Gae pensó que aquella escena era mucho mejor que la función que representaban en el teatro. No se lo dijo, pero lo pensó. Pensó *éstos no van a ningún lado.*

En aquella época, Gae no sabía aún que acabaría en la televisión, orinando guiones, gags volantes.

A Delia le duele el estómago. No ve la hora de que esa cena, esa farsa, termine. No tienen nada que decirse. Han hablado mucho. Ella ha hablado muchísimo. Sacos de palabras que fueron a parar a la basura.

Se ha maquillado para salir. Se ha puesto ese vestido casi a oscuras, mirando hacia la calle a través de las celosías. La gente que volvía a casa. La chica de salón de manicura apoyada en el escaparate, fumando.

La ciudad está llena de sitios como esos de manicura. Cuando pasa por delante de aquel agujero iluminado, a todas las horas del día, ve a mujeres con las manos entregadas, los dedos abiertos, como delante de una vidente, de alguien que pueda señalarles un camino dentro de sí mismas.

Delia se mira las manos sobre la mesa, desnudas, ya sin alianza, sólo una pequeña rosa de brillantes, regalo de su padre por sus dieciocho años, las uñas transparentes.

Algún día debería entrar ella también en esos salones de manicura, ofrecer sus manos, ver cómo se las arman con garras lacadas.

Se puede empezar así, por pequeñas aplicaciones externas, para cambiar un carácter demasiado interior. Debería abrirse a los estímulos del mundo, aferrar algo, alguna de las muchas mutaciones que se le escapan, que ayudan a la adaptación. Se ha quedado atrás. Una de esas criaturas sensatas que se repiten a lo largo de los siglos. Que viven en sus respectivas épocas sin éxito. Un clásico de la indefinición femenina. Se detesta por eso. Porque sabe que es un molde.

Suena el móvil. Delia busca en el bolso, lee MAMÁ en el visor azul. Esboza una pequeña mueca.

—Dime.

No la deja hablar.

—Pásamelo. ¿Qué ocurre, Cosmo?

La voz del niño, llorosa y algo estridente, como un patín que resbala mal.

Gaetano se acerca para oír la voz de su hijo. Se aclara la garganta, tose. Ahora se oye la metralleta de Nico, que grita.

—Ya lo hablamos luego. Iros a la cama.

Gaetano levanta una mano, como en el colegio. Pero Delia ha colgado sin prestarle atención.

—Quería saludarlos...

—Ah..., lo siento.

No les ha dicho que salía con él, no le apetecía que se ilusionaran.

—¿No duermen aún?

—Es mi madre, que monta líos.

—¿Qué tal está tu madre?

—No hay quien pueda con ella.

—Podías haberle dado recuerdos.

Gaetano sabe que está cabreada con él, pero que es momentáneo. Siempre se llevaron bien. Esas relaciones fáciles, ya escritas. Simpatías organizadas por socorro mutuo. Él le preparaba *gin-tonics,* mojitos. La madre de Delia aprecia el aperitivo de muchos grados.

—Quiere regalarles un perro.

La abuela ha subido con su perfume y sus ruidos. Ni siquiera la ha mirado a la cara. No se miran nunca a los ojos. Se rozan, resueltas, materiales. Se dicen las cosas imprescindibles.

Delia ya les ha preparado la cena, le ha dicho que no deje que Nico se suba al congelador. La madre ha asentido. No la contradice nunca. Aguarda a que Delia se vaya para hacer lo que le parezca. Se ha traído a su compañero, un abuelo de mentirijillas. Una camisa de seda color vino. Gente anciana que sigue practicando el sexo. Tienen atenciones el uno con el otro, bromean. A los niños les gustan.

A los niños les gusta cualquiera que pise esa casa.

Aguardan en la puerta en pijama. Nico con el chupete en la lengua, como una lágrima de goma, Cosmo con sus gafas y ese tic que le ha salido de fruncir la nariz como un hámster.

Aguardan a que entre alguien.

A Delia se le ha ocurrido, bajando en el ascensor, que los niños son unos reclusos. Se quedan al lado de la puerta, en espera de que llegue alguien y remueva un poco el agua encharcada de esa casa, en la que ellos flotan como patos de plástico en la bañera.

Fiamma hizo de todo por evitar esa separación.

La tomó de la mano y le habló con lágrimas que desde los ojos le entraban en la boca. Y Delia la dejó balbucear un rato (le causaba cierta impresión ver a aquella mujer tan destrozada).

Invitó a Gaetano a comer. Le dijo cosas como que *Delia es una mujer interesante, compleja, inteligente, difícil,* bla, bla, bla. Mientras tanto, los subtítulos rezaban: *perdona, he traído al mundo a esa desequilibrada y tú has tenido la mala pata de tropezar con ella, pero intenta resistir.*

Corazón de madre.

Y pensar que Delia ahora la quiere mucho. Le pasa libros para que lea. Es una senda que han tenido que recorrer, la de aceptarse. Y, más o menos, lo han conseguido. Fiamma acabó por ceder.

Sabe que no puede tocarle las pelotas. Si quiere seguir viendo a los niños, jugar a los abuelos con su compañero. Se quita los zapatos, se pone un par de zapatillas, de esas con agujeros, se recoge el pelo con una pinza. Se las apaña bastante bien con los niños. Se pone de rodillas, ladra. Y resulta realmente extraño ver cómo cambian las personas.

No es de esas que han querido asomarse al pozo, pero Delia ya no le guarda rencor. Sencillamente, no estaba en condiciones de aguantarlo. Existen naturalezas diferentes, y santas pascuas. Y ahora le parece una suerte. Porque los niños aprecian esa manera suya de echarse las cosas sobre los hombros, como la punta de un fular, de los berrancos a golpe de helados, de adhesivos fosforescentes.

Tal vez sea eso lo que haga falta para salir adelante. Una especie de sistema de depuración, que desintegre los sedimentos, que no deje bajar nada duro.

Nos sentiríamos más leves, más puros incluso.

Delia observa a la pareja de ancianos, él parece un tipo alegre. Con un tono muscular excelente para su edad, uno de esos hombres en forma que juegan al tenis en los círculos deportivos.

Está pensando en su padre. En cuando su mirada se volvía de cristal. Era un hombre siempre en el umbral de la depresión. Una mirada humana, sonriente, fatalmente atraído por esa dolorosa estasis. Era hijo de un superviviente de Auschwitz, había heredado las pesadillas de su padre, soñaba con el campo de concentración en el que nunca había estado.

Gaetano se toca la comisura de los ojos, se los rasca.

—Déjales tener un perro a los pobres niños...

—Era lo que me faltaba, el perro.

—Ya vengo yo a hacer de *dog sitter*.

—¿Cuándo? ¿A las tres de la madrugada?

El único animal que tuvieron fue el hámster.

Gae se despertaba de noche con ese ruido infernal. La primera vez que lo oyó se pegó un susto de muerte, *coño, ha entrado el anticristo en casa.* Fue a la habitación de los niños convencido de encontrarse a uno, o a los dos, con los ojos del revés y las voces poseídas. Como es natural, dormían. Era la mierda esa del hámster. Por la noche se subía al piso superior de la jaula, donde había una pequeña rueda, se colgaba como un murciélago y daba vueltas, giraba violentamente sobre sí mismo. Parecía de verdad el alboroto de Satanás.

Durante dos años, vivieron en esas condiciones. Un hámster de una longevidad increíble y completamente loco.

Cosmo lo dejaba suelto a menudo. El anticristo había roído el cable del Mac de Gae, se había caído en la taza del váter, pero había sobrevivido.

Después, un día, se puso enfermo.

Estaban en esa cafetería de enfrente del MACRO, el museo de arte contemporáneo. Uno de sus domingos culturales, que empezaban con propósitos neoyorquinos y acababan con Nico pegando sus manos en alguna instalación, cuerdas viejas, fibra de vidrio, y haciendo que saltara la alarma.

Gaetano se reía, para él el arte contemporáneo era casi todo una chorrada, un macroscópico comercio. Delia se quedaba embobada ante esos televisores con *performances*.

En aquel bar blanco estuvieron discutiendo. Delia quería castigar a Nico, Gae, por el contrario, le había comprado el segundo bollo de chocolate. Y no dejaba de rajar.

—*En Dinamarca, los niños pueden ensuciarse, colorear, participar en el arte... Aquí, en cambio... Qué mierda de país...*

Nico era su brazo armado, el pequeño kamikaze de su idiotez y de sus frustraciones.

Delia se había puesto a hojear un catálogo. Debía de haber algún animal muerto en aquel catálogo. Cosmo estaba sentado a su lado, como siempre. Empezó a hablar del hámster: ya no se movía, ya no deambulaba de noche.

—*Mamá, tenemos que llevarlo al veterinario.*

Gaetano mojaba el cruasán en el capuchino, con la boca llena dijo:

—*Nada de llevar el hámster al veterinario, ya compraremos otro.*

Silencio. Delia lo había mirado con una cara que se parecía a una de esas instalaciones.

—*¿Qué has dicho?*

—*El veterinario cuesta cincuenta euros, el hámster, ocho.*

Asentía, le había gustado un montón su propia ocurrencia. Por una buena ocurrencia Gae vendería su culo. Era su oficio, por otra parte. Pensaba que a ella también le haría gracia.

—*Si eres tú la que dice que tenemos que ahorrar..., mamá siempre lo dice, ¿verdad, Nico?*

Nico se reía, con esas carcajadas que les transmitían alegría a todos. Había intentado acabar con el hámster en varias ocasiones, lo apretaba demasiado, lo agarraba de la cola, como hacía con sus muñecos cuando los derribaba (intermitente en sus pasiones, como su padre). Era un niño que no tenía ni tres años, no sabía que la vida puede morir.

Pero Gaetano sí que debía saberlo. Cosmo se había enamorado del roedor, se lo llevaba de paseo en un calcetín.

Gae miraba la cara de extravío de Cosmo, junto a la de su madre.

—*Es una broma..., qué narices, es que no se puede ni hacer una broma...*

Pero ya estaban separados en bandos. Nico y él a un lado y los dos melancólicos a otro. Tal vez fuera ésa la primera división de la familia. Acabó degenerando en una discusión absurda.

—*Pero si sólo es un roedor.*

—*Para él es mucho más.*

—*Un roedor no es más que un roedor y si se muere, no es tan grave, lo grave es si se le muere el padre, la madre, el hermano...*

—*Yo no sé qué andas diciendo, qué se te pasa por la cabeza...*

—*Acabarás convirtiéndolo en un enajenado..., lo agigantas todo..., no le dejas ver la realidad...*

—*Ya ve por sí mismo la realidad, no te preocupes.*

—*Es mucho mejor decirle a un chiquillo que no es oportuno ponerse a salvar a un roedor..., nadie le pondrá un gotero como al abuelo en el hospital...*

—*Cállate...*

—*Nadie salvará a esa mierda de roedor.*

—*¿Así es como aprenderán el amor, Gaetano?*

—*Así es como aprenderán a apañárselas.*

—*Nadie te salvará a ti, Gaetano... ¿Hace cuánto que te has vuelto tan estúpido?*

Pero ellos eran distintos.

Serían una familia distinta. Toda esa gente tan perfecta. Esas parejas con el cochecito doble. La cajita para el chupete. Cuánta precisión para prevenir cualquier tropiezo que los vuelva más auténticos.

No querían sobrevivir. Querían *avanzar*, crecer juntos. Por eso habían formado una familia. La incertidumbre les parecía la única manera. Esa sensación de vivir cómicamente una tragedia.

Se quedaban embobados con los demás. Miraban a la gente, absortos como en el teatro. Almacenaban imágenes, situaciones de la vida, relaciones. Delia daba de mamar en los parques. Algunas noches se tumbaban en el suelo, en casa. Uno junto al otro, como dos cadáveres. Hacía calor. *Ven a sentir lo fresco que está el pavimento.*

¿Qué tal estás? ¿Qué piensas de mí? ¿Qué piensas del mundo, amor mío? ¿Saldremos adelante en este planeta enfermo? ¿Saldrán adelante nuestros hijos?

Abrían muchas de esas puertas.

Delia se las abría a Gaetano. Ella tenía respuestas sorprendentes. Pero a menudo les bastaba el silencio. Su corazón estaba abierto. Sufrían por cualquier estupidez. Cada noticia de sucesos entraba en su casa como un luto tangible. *La gente está tan sola,* cuántas veces se lo habían dicho. Todas esas cabezas apoyadas contra el plástico sucio en las paradas de los autobuses.

Cuántas veces se habían sentido culpables al poner en el fuego el agua para la pasta. Delia llenaba módulos de donaciones bancarias para salvar algo en el mundo.

Ellos no cerrarían la puerta a sus espaldas como esas parejas jóvenes ya difuntas. En un instante, más tacaños, más rencorosos que sus padres. Gente como Pier y Lavinia, como Sebastiano y Daniela.

Ciertas veladas las pasaban con ellos. Cenitas en casa, juegos de rol. Sebastiano vendería a su mujer, la elfa Gilraen, con tal de convertirse en el gran jefe de la Horda en World of Warcraft. Volvían deprimidos.

—*Tal vez los equivocados seamos nosotros.*

Era mejor palmarla que vivir así. Pier se indignaba por el calentamiento del planeta mientras cargaba los esquís en el culo del diésel. Quizá siempre hubieran sido así, y ellos no se habían dado cuenta. Terminados los años sin rémoras de *Bailando con lobos,* de las rave. Plastilina que se ha solidificado de la mejor forma para resistir a la crisis económica. Quizá ellos estuvieran simplemente más desesperados. Y la desesperación los vuelve más humanos. Pero no les enseña a vivir. Lo que te une y te lleva a lo más alto de repente te separa, te arrastra lejos.

No se habían ido de semana blanca en toda su vida.

De vez en cuando se iban a los Abruzos a ver la nieve un día entero. Gaetano se echaba a los niños a hombros, caminaba como un oso. Los vaqueros empapados. El charco amarillo del pis en el hielo. Después acaso le entraba la fiebre, a causa del sol, del frío, del *shock* blanco.

Había sido hermosísimo no parecerse a nadie. No sabían que se quedarían tan solos y aislados.

Un día, Gaetano escribió una frase de Dürrenmatt en el ordenador.

Hemos pronunciado nuestra palabra en la Tierra y ha sido un chasco.

Para un aspirante a escritor no era exactamente lo más alentador.

Delia quería mudarse, abandonar la ciudad.

Durante un cierto periodo, Gaetano y ella buscaron una vieja casa de labranza para ponerla en pie.

Encontraron un molino en los alrededores de Orvieto. Un recuerdo que nunca ha dejado de perseguirla. Una vida frustrada. Se tomaron su tiempo. A Delia le asustaba el riachuelo que corría casi al lado, Cosmo era muy pequeño y ya muy independiente, Nico estaba a punto de llegar. Además, la distancia hasta la ciudad.

Recorrieron una infinidad de veces el trayecto en coche. No estaba realmente vallado, podían entrar y permanecer allí, comerse un bocadillo. Había un guindo. Les dio tiempo a verlo florecido y después con los frutos pequeños y verduzcos aún. Cuando por fin se decidieron, otra familia había comprado el molino. Holandeses, que pasaron por allí un fin de semana. Fue una mutilación. Un golpe a las rodillas, por detrás, en la parte blanda.

—*Ya encontraremos otra cosa.*

Ni siquiera siguieron buscando. ¿Qué sentido tenía enterrarse en el campo a los treinta años? Huir de la civilización de las palomas cojas. Gaetano era guionista, le hacían falta imágenes de mierda. Y, además, estaban acostumbrados a salir (o por lo menos a tener la sensación de poder hacerlo de vez en cuando) a un cine, a una exposición. Y en la ciudad podían contar con algunos retazos de los abuelos, de la estudiante de filosofía del primer piso.

Con el tiempo les pareció que había sido lo mejor. Cuando las cosas empezaron a ir mal. En menudo infierno se habrían visto de haber estado en el molino. ¿Dónde habría huido él de noche? ¿Cómo se las habría apañado ella, sin él, aislada, en aquel declive donde en invierno se levantaba desde el río una espesa niebla como un collar de humo?

La ciudad, por lo menos, posee su propia hipnosis. Te arrastra como sus autobuses. Puedes esconderte en medio de gente tan maltrecha como tú. Pararte ante las luces de una tienda.

Es inútil indagar en las ocasiones frustradas. Nunca se sabe si te has salvado de la muerte o si te has perdido la auténtica vida. Tal vez en el molino se hubieran odiado y destrozado aún más. Tal vez aquel silencio, por el contrario, los hubiera respetado. Habrían podido ser, sencillamente, lo que eran.

Porque eso es lo que más los ha herido. La auténtica ocasión frustrada. Lo que todavía, esta noche, en este restaurante en la calle, los mantiene unidos.

No han sido otra cosa que actores de una pantomima, repetida desmañadamente.

Al final, no eran tan distintos a los demás. Como si el dolor, después de tantas vueltas intestinas, no rebosara más que estupidez. Una sucesión de disputas de una bajeza desoladora. Él meaba sin levantar el asiento, ella se sentaba y se mojaba. Era suficiente para hacer que odiara la vida.

En cierto sentido fue la ciudad la que los mató. Delia lo piensa de vez en cuando. Aquel parque carcomido, aquel piso demasiado pequeño. Empujar el cochecito a la altura de los tubos negros de todos aquellos coches.

Salir todos los días a luchar con las ilusiones, con cosas que se nos escapan mientras nos parecen necesarias. El movimiento opaco de toda esa gente de la que ellos también forman parte. Como una tenia que se alimenta, plácida.

Los ojos de Gaetano eran distintos. De esos alucinados por la frustración. Bregaba como podía.

¿Cómo puedes seguir siendo tú mismo cuando te pasas la vida en *stand-by* a la espera de una señal de asentimiento? Algo, a la fuerza, se altera. Intentas parecerte a los demás, a quienes más o menos han salido adelante. Definitivamente, has contenido tus pretensiones. Aspiras, sin más, a algo de dinero en el bolsillo. Quieres ser capaz de mantener a tu familia. Ya no eres un crío, tienes niños a los que mandar al colegio. Y cuando bebes un poco más de la cuenta por la noche, al día siguiente tienes hemorroides. Ya no puedes permitirte el dejarte llevar. No tragas con eso de que te mantenga tu mujer.

Gae se sabía merecedor de algo más. Era un derecho suyo. Escribía en el salón, en calzoncillos, con la taza de café cerca. Nico sobre sus rodillas. Era una bonita fotografía. Después bastaba con que el niño tocara una tecla para que se convirtiera en alguien distinto. Un hombre, un joven, con los ojos desesperados.

—*¡Cojones, que tengo que entregarlo!*

Casi se echaba a llorar. Era capaz de arrojar al suelo la taza, de arrancarse el pelo.

No puede uno imaginarse cuánta estúpida desesperación, cuánta incapacidad de vivir hay en el fondo de las personas. Delia lo miraba, sacaba sus muy amargas conclusiones. Recogía la taza, pero no conseguía perdonarlo de verdad.

Era culpa suya y de los niños el que se hubiera metido en el mercado de las comedias de situación, de las biografías de santos, de las sagas criminales.

Y ése era el resultado. Un desequilibrado que daba lo mejor de sí fuera, con los directores, con quienes le hacían encargos. Y volvía a casa exprimido como un limón y lleno de hastío hacia el mundo.

Y Delia no se quedaba callada.

—*A nosotros nos das lo peor... Vete a escribir a otro sitio, déjanos en paz...*

El primer dinero que él ganó lo esparcieron en el suelo, en fila, siguiendo los listones del parqué. No les parecía verdad poder relajarse. Empezaron a apreciar la ciudad, entraron en un restaurante.

Gaetano ha pedido alcachofas a la romana. Ella puede notar el olor de la menta, del ajo quemado.

—¿Has vuelto a ir a Orvieto?

—No creo que vuelva a aparecer por ahí.

Gae empuja un trozo de pan en el aceite.

Delia tenía que ir a Orvieto aquella tarde. Hace dos semanas. El primer sábado de junio. Lucía un sol magnífico.

Con su amiga Grazia iba a tomarse un aperitivo infinito, en esa taberna con mesas de madera con forma de animales, se levantarían achispadas, sudadas. Caminarían en el silencio de la toba. Hasta aquella catedral. Bastaba sólo con sentarse y mirarla para sentirse mejor. Para decir *los hombres han construido el infinito y qué le vamos a hacer si nosotras nos hemos casado con dos gilipollas.* También a Grazia le había tocado un marido poco de fiar. Rico, sin embargo. Podía permitirse esa casa de campo. Esas chaquetas de ante.

Tal vez en Orvieto hicieran falta nutricionistas.

Ahora que se había separado le estaba dando vueltas de verdad a lo de soltar amarras. Llevar a los niños al colegio andando, leer los periódicos colgados de una varilla en el bar del chocolate. Escuchar jazz de invierno, bailar con los niños por la calle.

Se había puesto su blusa de gasa blanca. Le gustaba. No la tendía nunca a secarse al sol, por miedo a que amarilleara.

Los niños estaban listos. Nico, tirado sobre la alfombra, hablaba con el Power Ranger rojo, el que le había regalado su padre.

Delia piensa en aquella tarde.

Los niños esperan en el suelo. Ella ya está nerviosa, se ha quitado la cinta del pelo, se rasca la cabeza, se despeina. Sigue yendo y viniendo entre el váter y la ventana de la sala de estar. No le quita ojo a la calle. Dentro de poco, perderá el tren.

—¿No viene, mamá?

—Claro que viene.

¿Dónde estás, so bastardo? ¿Dónde estás?

—Vamos, lo esperaremos abajo.

Levanta a los niños.

—Daos prisa.

Coge el bolso, da un portazo. Se lanzan al ascensor. Contaba con ir a la estación andando, no queda muy lejos. Se había puesto las zapatillas de deporte precisamente para eso. Un buen paseo, recobrar el aliento. Tener algo de margen, subir con tiempo al tren. Observar la marquesina con sus asientos mugrientos, meadas, cerveza derramada. Degustar anticipadamente el viaje. El tren que se desprende de la ciudad. Del dolor de tripa, de todo lo demás.

Sentía necesidad de naturaleza. De ese color tan conmovedor que es el verde. Los árboles, sus hojas más altas. La vida que habla con el viento.

En cambio, está allí abajo. Junto al portal, con el portero, que no deja de mirarla. Un indio delgado, pero con un vientre que presiona contra el polo (un Ralph Lauren falso de un verde asqueroso), un indio que bebe. Un hijo de puta casado con una princesa que limpia las escaleras, atiende a los hijos, mientras él está siempre fijo en el agujero semienterrado de las apuestas hípicas, junto a la tintorería. La mira con los mismos ojos húmedos y flipados que clava en las carreras de los televisores colgados de la pared. *¿Qué coño quieres? Mira hacia otro lado. Indio machista de mierda.*

—¿Le hace falta algo, lady?

—No me hace falta nada, gracias.

Nico se mete entre sus piernas. Porque el indio le pone caras raras. Se mete entre las piernas de aquel hombre horrible. Los niños van con quien sea, como los perros.

—Nico, ven aquí.

Lo toma en brazos. Finge jugar con él. No se fía del indio. Vive recelosa de todos, como cualquier madre de su época.

Cosmo ya no aguanta en pie. El sol le cae en la cabeza como un láser. Se derrumba sobre el escalón del bar. Delia lo levanta de un brazo.

—Levántate, está sucio, tiene que pasar la gente.

—¿Cuándo viene papá?

El pequeño bosteza, quizá se haya olvidado ya de la playa. Pero el mayor mira fijamente la calle junto a su madre, busca *ese* coche entre los coches.

Delia no piensa en un accidente, no piensa que *quizá le haya pasado algo.* Le importa un bledo si le ha pasado algo o no.

Piensa lo que está pensando ahora, sentada en ese restaurante. *Cabrón, me has destrozado la vida. Me has destrozado este día también.*

La blusa de gasa se le ha pegado a causa del sudor. Y los niños son también dos poemas.

—¿Subimos, mamá?

—Ponte derecho.

Cuando Cosmo se sienta de nuevo, lo deja en paz. Ya está al borde de las lágrimas, por la rabia, por el calor, por todo. Afortunadamente, lleva puestas las gafas de sol.

Intenta llamar a Gaetano una vez más. Pero el móvil sigue apagado, salta el contestador. Esa voz de mierda, profunda, algo distraída, hecha aposta para los directores, para los productores televisivos.

Definitivamente, ha perdido el rápido. Podría intentarlo con un regional. Pero es demasiado tarde hasta para llamar a su madre. Y, además, no está (ahora se le viene a la cabeza). Se ha ido de excursión con el grupo de piragüismo. Van a dar una vuelta por la laguna de Orbetello. Canoa a los sesenta años, ésa es su madre. Se le han puesto unos hombros enormes. Sale todas las mañanas por el Tíber con un equipo de temerarias. Allí pasa el tiempo en la humedad con su chaleco salvavidas. Dicc que ve un montón de pájaros extraños, de patos salvajes. Delia le dijo *ten cuidado con las ratas.* Y ahora piensa en su madre que se ahoga, en las ratas que le devoran los ojos, los labios hinchados por el esteticista.

Nico se queja, tiene hambre, tiene sed. Les deja que se coman un helado Algida en el escalón del bar. Le importa ya un comino. La gente salta por encima de los niños para entrar.

Delia los mira, las camisetas manchadas, deshechos por el calor. Nico con las rodillas negras porque ha caminado sobre ellas por la acera.

Parecen dos niños pobres. Los hijos de ese mendigo que se aposta a la salida del supermercado. Son realmente dos niños pobres. En estos momentos, nadie los ama. Su padre quién sabe dónde coño está.

Y ella está pensando *ahora me voy.* Me alejo. Los dejo aquí. Se los dejo. Que venga a recogerlos de noche, cuando el bar haya cerrado y ellos sigan allí, con los bañadores meados debajo de los pantalones. Molestados por el indio.

Basta con todo. Es el fin de la humanidad.

Cosmo tiene que hacer caca y lleva ya un buen rato aguantando, dice que ahora ya no puede más de verdad. Tiene una mano en el culo.

—*¿No podías haberla hecho antes, en casa?*

Lo levanta, lo arrastra de un brazo hacia el bar. Le pide la llave del servicio a la moldava de detrás de la caja, de los boletos de la lotería instantánea. Sucede allí, en ese váter, cochambroso de adultos, de drogados, mientras sujeta en vilo a Cosmo para que no toque la taza, mientras intenta, al mismo tiempo, mantener bloqueada la puerta con un pie y con la otra pierna a Nico, que ya dirige su mirada hacia la escobilla mugrienta. Cuando Cosmo le dice *no me sale, no puedo hacerla así...*, entonces ella empieza a darle tirones, a temblar con brazos y piernas.

—*¿Cómo? ¡¿Qué es eso de que ahora no te sale?!*

Y justo en ese momento las gafas de Cosmo caen al suelo, y ella piensa *mierda, sólo nos falta tener que volver a hacerle las gafas al niño ciego de los cojones que sigue cegándose con los libros.* Y justo en ese momento, Delia le agarra del pelo, aúlla, le golpea la cabeza contra la madera de esa puerta llena de salpicaduras.

—*Así aprendes.*

Subieron. El teléfono de casa estaba sonando. No llegó a tiempo. No le importaba. Estaba lenta, pensativa. Cansadísima. Cosmo se había quitado las gafas, las había metido en la funda de plástico. Se había restregado sus ojos miopes, llenos de pestañas, increíblemente hermosos. Delia se había encerrado en el baño. Ni siquiera le hizo falta meterse un dedo en la garganta para vomitar.

Mira a Gaetano. Se ha terminado las alcachofas. Parece satisfecho.

—¿Qué estás escribiendo?

—Una historia interesante, con muchos conflictos.

—El primer punto de inflexión ¿en qué página llega?

Le está tomando el pelo, Gaetano sonríe.

—En la 25, más o menos.

—Es necesario respetar ciertas reglas, supongo...

—Resulta aconsejable. Hacer una escaleta y moverse después libremente dentro de ella.

—¿Es una escaleta por episodios?

—No, cine.

—¿Estás escribiendo para el cine?

—Eso parece...

—Así que lo has logrado... Formas parte de esa categoría de privilegiados que pueden permitirse un trabajo artístico.

—No hay nada de artístico en lo que estoy haciendo. Me siento bastante frustrado.

—Pues no lo hagas entonces.

—Tendré que pasarte algo de dinero, ¿o no?

—Pasa a recoger a tus hijos cuando te están esperando.

Gaetano baja la cabeza. El ajo le está repitiendo. Era éste el punto de inflexión de la velada. Es con eso con lo que se dispone a masacrarlo.

Fue por culpa de esa película de los cojones por lo que no acudió a recoger a los niños. Se habían puesto de acuerdo. Se sentía feliz, se había organizado el programa. La idea de jugar con los niños en la playa. Darles de cenar sin tener que devolverlos de noche, como era lo habitual. Dos hatillos tristes en el coche. Como si él no fuera el padre sino un ladrón de niños (es así como los jueces hacen que te sientas). Por fin dormirían juntos, manchados de arena. El primer baño de junio. Sobre todo al pequeño, a ése quería tenerlo un buen rato en el agua.

Era un sueño que tenía, Nico y él en el agua.

Cosmo es uno de esos niños exploradores. De esos con el equipo de supervivencia en los ojos. Nico, en cambio. Gae tiene miedo de que Nico se olvide de él. Es tan pequeño. No sabe qué cognición del tiempo puede tener uno a esa edad. Cuando pasan los días, las semanas. Necesita a Nico, se le parece mucho. Se dio cuenta en seguida, cuando salió de entre las piernas de ella, cuando se lo pusieron sucio en los brazos. Y mientras lo lavaban, cabeza abajo, de espaldas, mientras le quitaban esa cosa clara y pringosa como cuajo de leche. Por cómo estaba. Por cómo no se defendía. Gae dijo *éste es el mío.*

Cosmo era de su madre. El mismo cuerpo. Y el carácter, además, por mucho que fuera pronto para ponerles etiquetas como a los botes de mermelada.

Nico era el suyo, clavado. Contaba con acunarlo un rato en el agua, con hacerlo reír, con metérselo en los huecos de los omoplatos.

Pero ya las cosas no pintaban nada bien, desde el día anterior. El director lo había llamado a las tres de la madrugada.

—*¿Estás durmiendo?*

El tono era el de un vampiro que anda buscando un cuello, un silbido ronco. *Pues claro, estás durmiendo, qué coño te importa a ti mi próxima película, mi apetito de sangre.*

Gae acababa de quedarse dormido, desnudo y sudado como una enorme salchicha, tras haber luchado con los mosquitos en el semisótano de Viale Somalia. El director caminaba en la oscuridad de su barrio lleno de frescor. La camisa blanca, el pecho exangüe, los labios oscuros. Descuidado y muy a la moda, como todos los vampiros. No estaba satisfecho (¿alguna vez estaría satisfecho aquel obstinado infeliz?). Pero él era *el Autor*. Y, por lo tanto, resultaba de lo más comprensible. Los autores deben ser sombríos e infelices (mefíticos para sus colaboradores), pues en caso contrario no serían más que pringados directores de series. El autor debe sentir por entero sobre sus hombros la pesada podredumbre de la sociedad (si deja algún trocito a alguien más, corre el riesgo de que el premio se lo lleve el otro). No puede lanzarse a comer calamares fritos y un bizcocho borracho en Fiumicino, debe conservar ciertos miramientos. Una apariencia de auténtico socialismo. Sus colaboradores no saben que lo odian (están perfectamente agrupados en ideología), pero de alguna manera saben que les han robado. Es la gastritis la que habla, los cigarrillos bebidos como aliento (el director ya no fuma. Ha chupado el habano un rato, ahora nada). Pero si se quedaran solos en un mundo sin reseñas ni plataformas varias y pudiera resurgir algún resto vomitado de instinto. En una cueva a lo Indiana Jones dejarían que lo devoraran los roedores volantes, los escorpiones. Lo verían palmarla sin pestañear. Pero están en Roma, en la ciudad eterna del cine, donde el instinto sólo les sirve a los rumanos, en fila ante la tienda de material de construcción, para la jornada a destajo.

Gae escuchaba aquella noche, con los dientes del vampiro entrando en el auricular. El tercer acto había que reescribirlo por completo. Después, la fatal y amenazadora frase *tal vez no hayamos sembrado bien...* En la práctica, había que desmantelarlo todo. Y estaban ya en la quinta versión.

—De acuerdo, mañana nos pondremos manos a la obra.

A fin de cuentas, le alegraba no ser él *el Autor.* No tenía el talento ni el equipamiento, esa capacidad de horadar la vida con una punta fina para lograr una larga jodienda exangüe.

Él era el muro. El que debía poner en orden, dar cuerpo y tinta a los humos nocturnos. El negro, el *ghost writer.* El escritor fantasma que, sin embargo, debe traer las resmas de papel impreso, las soluciones a gogó. No le molestaba esa figura discreta, era bastante literaria.

A Gae le gustaba tener una buena idea y dejar que se la mangaran.

A ratos perdidos practicaba el boxeo. Un chándal viejo, un gimnasio de la vieja urbe. Ésa también era una estimable imagen literaria.

Así se consolaba. De día, el director lo usaba como un saco. Y él, más tarde, lo compensaba. En los títulos de crédito pasaba así: CON LA COLABORACIÓN DE.

De manera que se vieron al día siguiente. Tarde, porque el director, después de esas noches dedicadas a copular ideas moribundas, carburaba tarde.

Gae, en cambio, se había levantado temprano, prácticamente no había dormido, se había lanzado a parir soluciones. Un par de ellas le parecieron bastante estimables. Muy nihilistas y sorprendentes de verdad. Confiaba en resolverlo pronto.

Habían acordado un fin de semana de pausa. Para dejar que se asentaran las ideas. Pero, en cambio, el asunto tenía mal cariz. Para él y para los otros dos, Saverio y Lucio, los dos masoquistas históricos, los que firmaban el guión.

Gae llevaba su viejo bañador descolorido en la mochila, junto a los papeles.

Pensaba en sus hijos. Los había entusiasmado por teléfono.

Estaba lleno de ideas, de cosas por hacer. La sospecha de poder realizar todas aquellas ideas lo había ayudado en la escritura. Estaba lleno de energía.

A media tarde se sentía ya bastante vacío. El director había desmontado todas sus soluciones. Aún no estaba gritando, pero era peor. Se había puesto sarcástico, plácidamente derrotista. Harto de la vida y de sus guionistas, igual que una puta de sus abortos.

Miraba el Swatch que se había quitado de la muñeca. La esfera, las negras manecillas de plástico, como un hombre que está a punto de morir y cuenta los segundos que lo separan de la nada.

En la escena de la película, era invierno y llovía. Los protagonistas llevaban horas bajo el aguacero.

Por la ventana, en cambio, entraban el calor y el hedor de los coches que salían de la ciudad. Coño, era sábado por la tarde.

Gae pensaba en la playa. En Nico debajo del agua, en sujetarlo y en soltarlo. En sacarlo entre chapoteos, como una fuente.

Los otros dos habían salido un par de veces a fumar, inventándose una excusa, como en el colegio.

—Perdonad, tengo que ir a mear.

Llevan tres horas discutiendo si una gilipollas de psicoterapeuta cruza la calle para ir al encuentro de él bajo la lluvia o si lo espera bajo el claustro barroco.

—*Quedarse es ya una terapia. Él debe cruzar el umbral, aceptar que quiere curarse, que quiere enamorarse. Si ella va a su encuentro, es una terapia del dolor, es ayudar a un hombre que no es capaz de aceptar la vida.*

Les haría falta Delia para decir lo que opina. Es lo que al cabo de un momento dice el vampiro.

—*Tal vez nos haga falta una mujer, una guionista.*

Lucio piensa *por lo menos que esté buena.*

Saverio piensa *coño, otro nombre en el cartel.*

Gaetano piensa *lo mando a tomar por culo. Me voy a la playa con mis hijos.*

Delia estará furibunda. No la ha llamado tan siquiera. Allí dentro tienen que tener los móviles apagados, ni siquiera pueden dejar puesta la vibración.

También el autor tiene dos hijos pequeños. Pero seguro que los ha *colocado.* Y, además, ¿qué coño importan unos niños cuando un guión no *funciona*?

Carne que flota. Muñecas en el mar. Aquí estamos construyendo ideas.

Gaetano ni siquiera está ya excesivamente enfadado.

Acabaron a las dos de la madrugada. El director estaba sereno, le había obsequiado con una sonrisa inocente y vaga, de vampiro satisfecho.

—*Me parece que vamos por el buen camino.*

Gaetano volvió a aquella fosa en el barrio africano. La emprendió a patadas con los DVD, las cosas que había colocado y amontonado. Para su nueva vida de guionista soltero.

Ya está bien, cambio de trabajo, tiro el ordenador. Haré de todo. Seré camionero, tengo el carné C. Por lo menos, sabré cuándo salgo y cuándo vuelvo. Y si no vuelvo, será porque me he estrellado por un ataque de sueño. Soñando con mis niños.

—Escucha, lo siento mucho. No ha sido culpa mía...

(*Qué asco,* piensa mientras lo dice, *parecen las palabras de una vulgar cancioncilla.*)

Delia bracea por la náusea.

—Dejémoslo correr.

Pero Gae tiene ganas de hablar, de desahogarse. Estaba acostumbrado a desahogarse con ella.

—Era un rehén, encarcelado con esa gente.

En otros tiempos, ella le habría dicho *eres un rehén de ti mismo, de tus carencias,* cosas así, profundas e inútiles, y él habría asentido. Esta noche, no.

—Tus hijos estaban en la calle... con los bañadores debajo de los pantalones.

—Ya lo sé.

—¿Por qué eres tan cobarde?

—Tengo que vivir.

Y vuelve a pensar en aquella vez. Estaban haciendo el amor, él parecía poseerla con toda su alma. Después sonó su móvil. Debería haberlo alejado, darle una patada a ese tono. En cambio, Gae contestó con una voz presente, fuera de aquel musgo en un instante. Un agente, un contacto para su trabajo. Se deslizó fuera de ella. La abandonó desnuda, completamente inerte. Se encendió un cigarrillo, se puso a dar vueltas por el dormitorio, inventándose un currículo. Con la polla en perfecta erección. Delia se acurrucó, como un insecto que se endurece para desaparecer. Después Gae volvió como si nada. Se había puesto otra vez en la garganta esa voz ronca de la intimidad.

—*¿Dónde nos habíamos quedado, amor mío?*

Debería haberlo plantado ese mismo día. Vestirse y marcharse. En cambio, volvió a abrirle las piernas y todo lo demás. Estaba enamorada. Había agujereado la otra cara de él, como cuando le quitó los ojos a su osito de peluche y dentro sólo había poliestireno sucio. Pero tenía prisa por olvidarse de aquello. Quería casarse con él, tener hijos. Todo lo que quería era ilusionarse.

La camarera se ha acercado para llevarse los platos.

—¿Quieres algo más?

Pero ella ni siquiera se ha acabado el potaje. La chica pregunta si puede retirar la mesa. Delia no levanta la vista, asiente, se tapa la mano, el dedo donde tenía la alianza.

Gaetano acompaña con una sonrisa a la chica, que carga con los platos sucios, le hace un gesto de asentimiento estirando los labios. Está cargada de juventud, pelo, labios, brazos firmes y ambarinos cubiertos por una leve pelusa. ¿Le gustaría besarla, restregarse en una discoteca, sobre un ciclomotor en la noche casi veraniega, y montar sobre ella después, desnudo?

Ahora hace estos tests. En aquel restaurante, delante de su ex mujer, que parece una fotografía. Observa a las chicas jóvenes y se pregunta si ellas se habrán fijado en él. Sigue siendo un tío atractivo, con su frente de cavernícola, su mirada subterránea y esos aires de viajero en la niebla. Sigue siendo joven, lo suficiente para confundirse con los lampiños, pero tiene ya cierta experiencia a cuestas. Son cosas que gustan, que estimulan el sexo y lo demás. Dios mío, qué viejo se siente esta noche.

En enamorarse no piensa en absoluto. El amor ha muerto. La construcción del amor, partiendo de la saliva para llegar hasta lo imposible. Han caído desde la roca más alta, Delia y él, y por debajo el agua no era mucha. Se miran y no saben si se quedarán inmovilizados de por vida, en una silla de ruedas empujada por alguien de buen corazón, o sólo cojos. Desde luego, ha sido un buen salto. Qué coño, llegaron a creérselo de verdad, que debajo encontrarían un océano inmenso, todo para ellos.

Como Nico, cuando decidió que podía volar y se tiraba desde la cama, desde las sillas. Le dejaron caerse unas cuantas veces, para que entendiera que no era cuestión, para educarlo en la realidad antes de que se tirara por el balcón.

—Yo me tomo un postre, ¿y tú?

La chica está esperando. Tiene un bonito pecho duro que respira bajo la camiseta negra de tirantes finos. Delia siente pena por esa muchacha que respira en su cuerpo, y que aún debe ir a la caza de algún sentido. Y que sólo podrá recoger cáscaras.

Se le viene a la cabeza esa canción, *One.* Gae se la metía en los oídos.

Love is a temple
Love is a higher law
You ask me to enter
But then you make me crawl
[...]
One love
One blood
One life...

Has hecho que entrara en el templo y después has hecho que me arrastre.

—Para mí un helado de vainilla.

La chica traza un garabato en la libreta de los pedidos.

—Un descafeinado, aparte.

Se ha levantado un poco de viento, rueda sobre la acera, los alcanza. Agita las servilletas de papel, acaricia la espalda ligeramente sudada en la camisa.

Es un pequeño escalofrío.

Delia dice:

—Le di un golpe a Cosmo en la cabeza contra la puerta del váter de un bar.

Gae la mira con atención.

—¿Que hiciste qué?

Sonríe, tristísimo, porque si ella también empieza a tomarla con los niños, eso quiere decir que están hundidos realmente en la mierda.

—Son cosas que pasan, vamos...

La camarera le deja delante el helado. Delia vacía lentamente la tacita de café en esa bola de vainilla.

—Son cosas que no deben pasar.

A Gae le sorprende el golpe blando y frío. El helado en la cara. Nota la vainilla deslizándosele por encima, en el mentón, mientras le gotea sobre el pecho y el café le jode la camisa. Ni siquiera se limpia. Mira a Delia, que no ha cambiado de expresión. No aparta la mirada, apenas mueve las pupilas, como si tuviera un glaucoma y estuviera buscando el túnel por el que ver, para sondear a su alrededor si alguien se ha dado cuenta.

Ahora la mato. Ahora me las paga. Ahora le quito a los niños. Ahora le araño la cara. El odio es ahora como la vida. Fuerte como la vida. Nunca se habían visto en una situación así. En medio de la gente. Es la última tirita que se desprende, en una noche de principios de verano. Se encaran. O tal vez sea sólo él quien se encare con ella. Delia, sencillamente, no está. Mira el helado que resbala por el cuerpo del hombre al que ha amado por encima de cualquier otra cosa. Mira el gesto de una loca. De una mujer alterada, degradada a un grumo de nervios sin freno.

Ella no es esa mujer. Le da miedo. Y, sin embargo, quiere dejarla vivir. Sólo así puede salir adelante. Lo entendió viendo los ojos de Cosmo, que la secundaban, le daban vía libre en aquel váter. Estaba listo para reemplazar al padre. En todo. Para convertirse en el cuerpo absorbente. Por amor. Ese amor que ella le había enseñado y que ahora le arrebataba. Se acaricia los brazos desnudos. No sabe realmente qué dirección tomar.

Gaetano no se aparta, respira. Engulle los labios sucios, ese postre absurdo. La mira respirar junto a él. Delia querría levantarse y lamer ese helado. Están ellos solamente. Desnudos, como cuando hacían el amor.

—*Se me hincha la tripa después de comer.*

Así fue como se conocieron. Él entró en la consulta que ella había alquilado en aquella especie de centro de bienestar estilo *new age,* con sus cursos de yoga, sesiones de autodefensa para mujeres solas, recipientes con tisanas. No parecía una consulta de verdad, sino una especie de habitación.

Había una cesta con manzanas rojas, una barrita de incienso encendida. Delia, además de los certificados, se había traído algunas fotografías, una cortina de raso tornasolado. Después de la anorexia se había convertido en una excelente nutricionista. Tenía cierta sensibilidad y, a esas alturas, lo sabía todo acerca de los problemas alimentarios. El dolor le había hecho encontrar su camino. Era un oficio psíquico, bastante ecléctico, con cimientos científicos pero que dejaba una amplia área libre para la interpretación sensible.

Delia se pasaba los días hundiendo sus manos en vientres obesos, punzando cordones de grasa en aquel despacho del extrarradio, al lado de una estación secundaria. Al paso de cada tren, los cristales temblaban, una manzana caía al suelo. Su madre había ido a visitarla. Recogió la manzana caída. *Contenta tú...*

Los pacientes eran chicos gordos por desidia, mujeres con problemas de alcoholismo. Más que de esquemas, de dietas preestablecidas, se trataba de reeducar a las personas en el respeto a sí mismas. Delia sabía qué clase de enemigo puede llegar a ser el cuerpo. Un cubo de basura, un lavabo atascado. Un pozo ciego. Ahora ella llevaba una bata y sonreía. Como un ex drogadicto que recibe a los chiquillos que se chutan. Conocía las mentiras de sus pacientes. Conocía el dolor de aquellas mentiras.

Le gustaba ese frente del extrarradio. Había sentido la necesidad de alejarse del barrio en el que había crecido. Todos esos perros a escala, todos esos bancos. Los edificios de los años cuarenta le daban la impresión de carecer de alma, igual que sus inquilinos. No había encontrado nada sincero, útil para la vida, en las casas de esas familias blandas y acogedoras que iban a las exposiciones del año, a los conciertos del Auditorium. Que no les prohibían nada a sus hijos por temor a afrontar sus agujeros negros.

Una amiga con la que había esnifado coca un par de veces en los baños del instituto se había matado. Tras ver *Titanic,* con Leonardo DiCaprio, en la sesión de las ocho, se había tirado por el balcón alrededor de medianoche. Sus padres estaban en casa, charlando con unos amigos bajo una lámpara Arco de Castiglioni.

Gae venía del gimnasio de al lado, en la misma manzana. Alguien del gimnasio lo encaminó hacia allí. Rió bajo su frente de cavernícola. Un sitio de progres ricos. Le parecía absurdo un lugar así en aquella dura avenida, donde familias pequeñoburguesas como la suya convivían con el sumidero del nuevo mundo, las peleas de los transexuales, la mafia china, los trapicheos a la luz del día.

Se había sentado, con las manos bajas entre las piernas abiertas. Del techo colgaba una lámpara de papel de arroz. Su madre tenía una parecida en el dormitorio, se la había traído de uno de sus viajes.

Serena era una vieja progre, pobre (y eso marca diferencias). De joven se había drogado durante unos cuantos meses, lo suficiente para pillar una hepatitis. A los cuarenta y seis años había sufrido un trasplante de hígado. Gae la había atendido, se turnaba con su padre. El verano de la reválida. Estudiaba con una mascarilla en la boca para no pegarle nada (bastaría un resfriado para mandarla al otro mundo).

Había estudiado el bachillerato de letras, era uno de los pocos en los alrededores. Tomaba el autobús y, en los últimos cursos, el ciclomotor, para ir hasta aquel caserón lleno de pintadas en un barrio ligeramente mejor. Fue construyéndose, gracias a los tenderetes, una pequeña biblioteca con unos cuantos títulos obligados, *Siddhartha, El extranjero, Tótem y tabú*. Tenía muchas veleidades y un anillo de plata en el dedo. En invierno se atiborraba de cine en vídeo y de éxtasis (tragarse una película de noche con una pastilla debajo de la lengua era realmente lo más). En verano tocaba con una banda de tecno-subnormales y repartía pizzas moribundas a domicilio.

Andaba en la cuerda floja, aguardando una transformación galáctica como la de los superguerreros de los dibujos animados japoneses que le entusiasmaban de niño.

Como es natural, tenía sus complejos. Estaba indeciso entre tratar de encaramarse al mundo cualificado o renunciar solemnemente a ello. Había intentado entrar en el Centro Experimental de Cinematografía, pero ni la secretaria le hizo el menor caso. Se había sacado el carné de camiones. Se había lanzado a recorrer Italia, de arriba abajo. Tiras rojas sobre la autopista como sangre de sandía. Le gustaba mogollón hablar de noche en los chiringuitos con otros camioneros tan flipados como él. No era aún un trabajo de verdad, le parecía una película americana, le parecía *Convoy.*

Estaba contento, pero tenía colitis. Comía cualquier chorrada y sus tripas parecían un desagüe que expelía gas.

Se había sentado en la consulta de la nutricionista.

Coño, qué joven era, y bastante guapa, además. Debajo de la bata, sólo un collarcito de oro. Un par de Superga consumidas. El pelo largo dividido en trenzas, y también la cara recordaba un poco a una india.

—*¿Ha estado alguna vez en las reservas indias de Estados Unidos?*

—*No.*

—*Parece usted salida de allí.*

Pero no pensaba en tirarse a esa squaw. No era exactamente la idea, el instinto que suscitaba. Y, además, le dolía la tripa de verdad. En el gimnasio, dándole al saco, había pedorreado como un mulo, pero no había sido suficiente.

Allí estaba, sudando delante de ella. Llevaba una sudadera con las mangas cortadas, muy usada y bastante molona. Había estirado los hombros con cierta tensión, como le gustaba hacer cuando se sentaba en algún sitio, para dejar entrever el alcance de los músculos de debajo. Para sentirse más seguro.

—*Túmbate.*

Había visto sobre su cabeza esa lámpara de papel de arroz tan parecida a la de su madre, que ahora trabajaba en un bingo.

Delia le masajeaba la tripa con las manos. Coño, le hacía cosquillas.

—*Relájate.*

Gae tenía el culo contraído, temiendo que se le escapara algo. La nutricionista le masajeaba con sus manitas afiladas. Parecía como si un gato le caminara por encima. Le entraron escalofríos.

Volvió a reírse.

También la nutricionista se había reído.

Y él le había visto el rosario de dientes, pequeños, regulares. Pero con asimetrías en los bordes, como una cortina roída por un ratón.

Cerró en seguida la boca, como si se hubiera equivocado al reírse.

Gae se incorporó, se puso de nuevo la sudadera molona. Mientras tanto, se pasaba la lengua por los dientes, tras los labios, intentando imaginarse la sensación de *aquellos* dientes.

—*Has palpado algo. ¿Un tumor?*

Ella no había vuelto a mirarlo. Escribió en unas hojas con membrete. Le prohibió las bebidas con gas, las pizzas, los quesos frescos. Él la miraba desconsolado.

—*¿Y qué como, entonces?*

Justo en ese momento pasó un tren. La habitual manzana cayó al suelo. Gae la persiguió y la recogió.

—*Estupendo, eso es lo que debes comer.*

Él le dio un buen mordisco. Así empezó el hechizo.

La primera vez que hicieron el amor, Gae pensó *lo estoy haciendo con Dios*. Así se sintió, elevado a los cielos de repente, no para morir sino sólo para follar una y otra vez. Un *transformer* japonés, de verdad. Y lo repitieron durante meses en aquel ambulatorio a la hora de comer (mientras en la sala de al lado practicaban taichi). Ella le había descubierto el muesli, el zumo de granada y *El héroe de las mil caras.*

Fue ella quien le dijo *lárgate de este barrio, no te sienta bien, te consuela momentáneamente igual que la pizza y las cervezas. Pero acaba dejándote estancado, con gases. No estás más seguro aquí que en otra parte.* Le acarició el pecho. *Prefiero a los hombres sin músculos.*

Él abandonó los anabolizantes y las anfetaminas. Le dejó leer algo de lo suyo (mordiéndose las uñas hasta hacerse sangre en espera de su opinión), breves guiones, cuentecillos de una o dos páginas como mucho. Devoró *El héroe de las mil caras,* se sintió realmente el protagonista detenido en el umbral. Listo para afrontar la *prueba.*

Ella también estaba lista. Había muerto y renacido. Se habían puesto de pie como dos potrillos empapados. Se dieron la mano. Salieron del despacho del ambulatorio.

Un día ella se desmayó. Caminaban por el Lungotevere. Delia se dobló a su lado, flácida como una de esas colchonetas hinchables que pierden de repente el tapón. Gae la levantó, la apoyó contra el antepecho. Por debajo estaba el cañaveral y, más al fondo, el río con su estruendo. Los coches pasaban a toda velocidad, era casi el atardecer, había ese típico aire azul y profundo y lo demás parecía casi negro. Volvió a abrir los ojos y miraba el cielo, uno de esos plátanos altísimos, rodeado de pájaros enloquecidos a esa hora.

—*Gracias.*

—*¿Por qué?*

—*Por amarme.*

Gaetano le acarició el pelo con las dos manos abiertas, acercándose mucho a ella. La cara afilada y hermosísima de ella se había dilatado, convirtiéndose en un paisaje. Sus pestañas parecían bisontes que corrían y se detenían después para abrevar en sus ojos. Él también bebía. Pensaba en pasar toda su vida con ella, todo su futuro estaba allí.

Atravesó el Lungotevere, había un bar bastante bueno allí detrás. Regresó con una bandeja de buñuelos de San Giuseppe. Se los dio a comer uno a uno bajo aquellas hojas violetas en lo negro. La cebó de fritura y de crema y ella no se rebelaba, parecía de lo más feliz con el remedio. Ahora era él quien la nutría a ella. Delia contemplaba desde abajo aquella cara un tanto de púgil, desde luego.

—*¿Te han dado muchos puñetazos?*

—*No, nací así, aplastado.*

—*¿Y no cambiaste, al crecer?*

—*No.*

—*Menos mal.*

Era febrero, carnaval.

Desde luego, un helado a la cara era demasiado. Gaetano miraba a su ex mujer. Pensaba en sus trenzas de squaw, en aquel tiempo pasado, bebido. De mala manera, como una bebida que ha perdido el gas, sin un auténtico eructo.

Piensa en aquellos polvos. Tal vez en uno en particular. Hay siempre uno que sale mejor y no sabes por qué. Lo sabes sólo después, cuando lo piensas.

Quizá ni siquiera fuera el mejor, el más tonificante y sucio. Solamente el más humano. Que lo tuvo todo de ti. Y tuvo el olvido.

Tal vez porque eras virgen.

Aquella noche eras virgen de verdad, de la vida.

Nada te había ensuciado.

Os adentrasteis entre las zarzas para llegar hasta las pozas de agua caliente, resbalasteis cuando la tierra empezaba a volverse pringosa y clara. Delia tenía aquellas costillas, aquel cuerpo indefenso. Tocaba con un pie el agua antes de entrar, buscaba el fondo. Tú la seguiste desnudo e imbécil como todo hombre desnudo. Adán y Eva, realmente. Había un musgo blando, líquenes. Delia se puso a explicarte algo de la vida de las plantas sumergidas.

Además, estaba aquella vela (Delia colocaba siempre velas), y tú caminabas desnudo en aquel estudio cinematográfico. Pies empapados de barro y llamas fatuas.

Y el cuerpo de ella parecía realmente un templo, y tú eras un monje arrodillado. Aquélla fue la sustancia del amor.

Hasta el alba. Cuando la acompañaste a la estación. Ella tenía que tomar un tren. ¿Adónde iba?

Sí, quizá a ese sitio donde estaban las colmenas de las abejas. Estudiaba las propiedades de la jalea real, de los propóleos céreos.

Te la estuviste imaginando todo el día, con ese sombrero metálico, esa máscara. *Que nada te pique, amor mío, que las abejas acudan a ti, a ese cuerpo sutil y profundo, a dejar la miel.*

¿Cómo coño es posible que la vida lo devore todo? Como una mala resaca. Rueda y escupe en una playa de chatarra.

La boda. El vestido blanco sencillo, tres cuartos, ya adecuado para reciclarlo más tarde en una fiesta cualquiera, añadiendo una flor, un collar. La pequeña abadía abandonada, abierta sólo para ellos.

La vereda de hierba crecida, el tropel de invitados detrás. Jóvenes recién casados o a punto de casarse como ellos. El cura senegalés. El arroz en los cestillos, la granizada sobre las sonrisas de par en par. El requesón fresco en aquel banquete campestre. Noche de julio en la que bastaba un chal, bastaba el brazo de Gae.

Durante los primeros tiempos, su puerta estaba siempre abierta, como de solteros. Todo el que subiera era bienvenido. La multiplicación de los panes y los peces, todas las noches, de verdad. ¿Qué comían en aquella época? Pollo al curry, montañas de cuscús. Para Gae la cocina de Delia era un alucine exótico, una experiencia cultural. Llenaba vasos de vino, descalzo, con el torso desnudo, el ordenador encendido en medio del jaleo. Las discusiones acerca de todo, sobre *ese hijo de puta de Bush hijo,* sobre la trilogía *Claus y Lucas,* los jueguecitos intelectuales...

—*¿Quién es el autor de* Crimen y castigo*?*

—*Woody Allen.*

Respuestas de coña, carcajadas de coña.

Eran tiempos en los que creían que su casa se convertiría en un centro de recogida de inteligencias, de dinamitas creativas.

Follaban en medio del jaleo que dejaban los acampados. Delia se aferraba desnuda a algún sitio, con los brazos abiertos como un crucifijo, y él la amaba así, en el silencio, como el sacrificio más hermoso.

Se habían criado en los años ochenta. Después vino lo de las Torres Gemelas, y por el horizonte asomaba el hilo negro del miedo y de la quiebra financiera inminente. Vivían en esa casita del barrio Trieste. Tenían esa hipoteca a interés variable. No había razones para estar serenos. Lo estaban. Horas de paz, kilómetros de tiempo perdido.

Se quedó embarazada de Cosmo. La náusea era una vieja amiga. Por más que ahora fuera realmente una cosa distinta. Aquella barriga era un milagro. Aquella amenorrea, buena.

Delia piensa de vez en cuando en ese renacimiento.

Lo piensa siempre que ve a una mujer embarazada. Y sabe que ella ya no volverá a tener hijos. Hará muchas cosas, criará a sus varoncitos, hará un viaje, irá a ver una exposición de Rauschenberg, pero nunca tendrá una hija.

Quizá le haya faltado una hija. Gae se lo dijo aquella vez..., cuando Delia se quedó embarazada por tercera vez.

—A lo mejor es una niña...

Pero eso fue hace poco, cuando ella era ya una mujer herida y traicionada, una mala copia de la madre que había sido.

Le bastaría con pensar en aquella escalera. En esos besos uno por uno a lo largo de la escalera. Se paraban y se besaban, contra el muro de un rellano, contra la barandilla. Subían para hacer una ecografía, para la translucencia nucal de Cosmo. Parecían dos bolos, dos perros arrebatados de felicidad.

Cosmo, aquel nombre escogido una noche, arrancado al universo como un susurro. Materia celeste en expansión.

Cosmo no dormía, no se agarraba bien al pezón, engullía aire. Se adormecía y se despertaba a causa de los reflujos. Delia le ponía el espejito del colorete debajo de la nariz para ver si se empañaba, si estaba vivo. La muerte súbita, cuántas veces lo había pensado...

Su madre le decía *déjalo acostado, déjale que llore, que si no se acostumbra a tus brazos.* Pero ella no aceptaba desde luego los consejos de su madre. Se había comprado una mochila portabebés, en la que metía a Cosmo. Dormían así, agarrados.

Tal vez todo hubiera empezado allí..., en esas noches alejadas de Gae, de todo. Trasladada al mejor sitio de la casa, a la habitación del amor nuevo.

Gaetano seguía arrodillándose a los pies de ella. La fotografiaba desnuda con el niño en brazos, el pecho y una línea de leche.

La Vía Láctea.

Ahora eran una familia.

Aquello, esa elegía, esa marcha en la noche en pos del cometa.

Cuántas fotografías le había sacado durante aquel periodo, montañas... Se había comprado aquella pequeña cámara digital. Con tal de fotografiarla no la dejaba vivir.

—*Quieta, quieta así..., quietos así...*

Ojalá hubieran sido capaces de quedarse quietos como en esas instantáneas. ¿Cómo se dice? El retrato de la felicidad, eso es, exactamente eso. Impreso.

Más tarde, la primera fotografía de Nico, morado a causa del parto.

¿Dónde habían concebido a Nico? En Tagliacozzo, sí. Aquella noche en la que Gae estaba borracho... Habían ido de excusión por los bosques, con aquel frío, con esos viejos beodos buscadores de trufas. Y Nico nació así, ebrio y astuto. Delia estaba enamorada de aquel pequeño casanova que la seducía cada mañana.

Debe organizar todas esas fotografías. Las de la boda con el arroz, los pétalos, y todas las demás de después, en la playa, en el parque. Debe conservarlas para sus hijos, para cuando sean lo suficientemente mayores para no romperlas. Así podrá enseñárselas, diciéndoles *lo veis, nos amamos, pero mucho, mucho, quisimos teneros, pero mucho, mucho. Y no penséis nunca que ha podido ser culpa vuestra.*

Porque ella lo ha pensado. Que sus padres no resistieron el impacto de su llegada. Ha pensado que los hijos de padres separados se separan, que hay una fea cadena, porque han vivido ese ejemplo.

No es de lo mejor ver a tu propia madre con tacones y los ojos enrojecidos que se marcha, se agacha para darte un beso y te dice *no lo olvides, sé buena con papá.*

No es que le faltara razón del todo a la señora, pero ésas son cosas que sólo comprendes al cabo de una vida, cuando has pasado por la anorexia y te has curado, cuando se lo has hecho pagar a tontas y a locas y casi te mueres por vengarte de aquel abandono. Porque fue aquel día (¿cuántos años tendrías, cinco?) la primera vez que pensaste que querías desaparecer. *Me tiro por la ventana, llego abajo antes que ella, así vuelve atrás con mi cadáver, lo tira a la basura como el murciélago muerto de la casa de la pla-*

ya y vuelven a estar juntos y felices, sin mí, ellos dos solos, como en esa fotografía en España en la que ella bailaba y él llevaba pantalones de torero.

Son pensamientos que no quiere pasar a sus hijos.

Tiene miedo de que ellos se acuerden sólo del final, de las peleas.

Siente necesidad de esas fotos. De extenderlas por la alfombra, de llorar fingiendo que ríe..., *¿os acordáis? Aquí estábamos en Ostuni..., papá había comprado unos bocadillos...,* de enseñarles impreso en papel lo felices que han sido.

Por esa razón se ha sentado esta noche. Por esa memoria hermosa que debe conservar para Cosmo y Nicola.

Habéis sido hijos de un amor grande.

Ella está ahí para conservar con vida la memoria. Como esos viejos del Holocausto con las piedras. Una por cada amor muerto.

Porque también el amor se merece un santuario, una memoria.

Gae no se ha movido. Ese helado deshecho, que le ha entrado en la camisa, ahora le parece lo único auténtico de esa velada tan falsa como esa falsa casa de comidas. Un gesto que la vida da la impresión de haber robado al cine. Está pensando que podría contárselo al director vampiro. Tal vez sea un buen cuello en el que hincar los dientes, su cuello manchado de helado. Se limpia con la servilleta, igual que se secaba el sudor en el gimnasio. El mismo gesto rápido y rudo.

Quizá siga amándome, quizá en algún lugar siga amándome. ¿Qué está mirando?

Delia mira esa mesa de al lado de la pared. Es la única de gente vieja, aunque bien conservada. Una pareja bastante sofisticada. Él, con esa clase de pelo que tan poco creíble resulta, una nube polvorosa, azulada. Ella, ondas rubias, un pie encima del otro debajo de la mesa, sandalias de las caras.

Se ha dado la vuelta, hermosa como Gena Rowlands en *Noche de estreno,* la misma boca de carmín corrido. Un vestido reluciente de motivos chinescos.

Delia parece aturdida, se sujeta la cabeza con las manos unidas. Se ha colocado así, tras el lanzamiento del helado. Como una monja cansada de fregar suelos y de creer.

Gae siempre ha pensado que ella debería haberse enamorado de un hombre mayor. Y ahora piensa que lo hará, se juntará con uno de esos separados de sesenta años sin problemas de carrera y con los hijos ya crecidos. Uno que tenga tiempo para ella. Algún fin de semana en la costa amalfitana, *slow food* y curvas en la carretera.

Su padre era de Amalfi. Un otorrinolaringólogo realmente bueno, pero que no cobraba mucho, igual que su hija. Delgado como ella, con sus mismos labios oscuros e hinchados, siempre algo infelices. Curaba las voces de actores, de cantantes, en silencio. Trataba sus cuerdas vocales como un buen sacerdote las almas. En su entierro había mucha gente del teatro y de la ópera.

Los dos ancianos bromean el uno con el otro. También Gae se ha puesto a mirarlos. Es una cosa que solía hacer. Mirar lo que Delia estaba mirando. Para entender lo que le gustaba del mundo. Lo que echaba en falta.

El padre de Delia era grisáceo y demacrado como su bata. Este otro, con muy buena facha, tiene aspecto de viento, de la persona que vive al aire libre. Debe de ser uno de esos que hacen deporte. Un golfista, un gilipollas de ésos.

Le caen de puta pena los ancianos pudientes. Sólo soporta a algún viejo hombre pájaro, escaladores, gente así. Caras trabajadas por la soledad igual que la roca.

También el viejo está mirando a Delia. Gae tiene la sensación de un hilo. De uno de esos hilos que se tienden entre las personas. De una mesa a otra. Y él es ahora un inocentón sucio de helado. Un niño descontento. Agarra la botella de agua mineral, empapa la servilleta, se la restriega por la camisa.

Delia, sencillamente, no sabe dónde meterse con su mirada y sus pensamientos. No tiene la impresión de que haya un hueco para ello en esa velada.

Toda esa gente la pone de mal humor. Tanto ruido para nada.

¿Cómo es que están siempre tan llenos los restaurantes? ¿Cuánto dinero debe derrochar el mundo para poder permitírselo? Piensa en esas ocas del foie gras, alimentadas día y noche. Piensa en el mundo como un hígado que estalla. Piensa en Calcuta, en *ese* río. En ese viaje que no hará nunca. Pien-

sa en la Madre Teresa, en esa iguana vestida de blanco.

Sonríe.

Muchas parejas jóvenes.

Molinetes de parejas que concluirán la velada en cualquier otro lugar, correrán por la carretera de la costa hacia una de esas fiestas en los locales del litoral. Palmeras fosforescentes, oscuridad que palpita música.

Una mujer ya bronceada pasa a su lado consultando su iPhone. Deja un olor a ungüento de playa. Irá a meterse una raya de coca. (Es viernes por la noche, hay un constante ir y venir al servicio.)

Delia piensa en la crema contra los rayos UVA. La coloreada para niños.

Piensa en su cuerpo en bañador. El marrón con anillas de madera.

Es su primer verano de separada.

Una cosa segura ya la tiene. Ha reservado diez días a finales de julio.

La casa la ha visto en internet. Pero ya se percibe el olor y todo lo demás.

Una lámpara de mimbre, un sofá cama azul. Una escoba a un lado.

Harán la compra en una de esas tiendas con las cajas de fruta en la acera y el resto dentro, el pan, el jamón, el detergente para los lavabos (se pondrá guantes para limpiarlos).

Los juegos entre las agujas de pino. Sus hijos subiendo y bajando de las colchonetas hinchables, sudados, mugrientos. A Nico se le caerá el chupete junto a la rueda de un coche. Habrá que volver atrás, alterarse en el arcén de la carretera provincial. *No os mováis.* Dejará las bolsas de la compra en el suelo. La arena en el gres, en las camas. *No saltéis. Enjuagaos los pies.* Los bañadores en la ducha. *Mamá, tengo hambre.* Hambre, sí.

Quizá se ponga los pendientes indios para salir alguna noche. ¿Habrá alguna noche en la que contemple el mar adormecido, lacado de luz eléctrica? ¿Alguna noche en la que esté guapa, con un vestido de lino blanco?

El verano ha empezado. No se sabe cómo, pero ha empezado. Por lo menos ya no tendrá que llevar a los niños al colegio. Meterse en ese coche y a correr. Mirar a los vehículos lentos como enemigos. Todo el invierno lo mismo. Gente contra la que chocar, a la que matar en los semáforos. No soporta la cara de la maestra cuando llegan tarde, cuando le quita el anorak a Cosmo con la mirada baja.

—Es tu hermano el que nos hace llegar tarde, ya sabes que no quiere despertarse.

En cambio, es ella la que se olvida el bolso. La que no sabe dónde ha aparcado el coche. Caminan arriba y abajo por la calle. Gente perdida.

Llegar siempre con algo de retraso ha sido la condena de esos últimos meses.

La señal de cosas que se le escurren, de pedazos que se deja en el asfalto. La vida que te precede, que camina un paso por delante de ti. Tú que corres para alcanzarla. Que tocas el claxon.

Con todo, le gustaría que fuera ya noviembre, las medias de fibra elástica, las botas.

El verano le gustaba mucho en otra vida. Cuando se volvía una salamanquesa al sol. Gaetano jugaba en el agua con los niños, montaba a Cosmo a hombros, ella empujaba el cochecito de Nico. Cantaban. Notaban el olor silvestre del boscaje marino. De la caca de quienes acampaban por libre. Tenían aquella tienda.

Se detenían donde caía la tarde. Eso era lo que les gustaba. En la playa hasta el ocaso. Aguardar a que se marchara hasta el último faquir para quedarse solos. Los niños jugaban con las ramitas. Esa pequeña carne que era suya. Estaban de lo más tranquilo los niños, nunca se quejaban.

Nadie lo sabía, aún. Los niños estaban entonados con su buena suerte.

Se tomaban un helado mientras ellos compartían una cerveza.

Toma un sorbo, amor mío, refréscate.

Qué hermosa estás, amor mío, con ese vestido de lino blanco.

Sigues siendo ésa, la misma de cuando nos conocimos, la squaw con la bata. Mejor dicho, más hermosa. Porque el amor ha crecido.

Eres una muchacha recorrida por la vida.

Los niños duermen bajo esta tienda. Hay espacio y silencio para que nos besemos, para chupar el sol y el mar de tu piel.

Fue Gae quien le regaló los pendientes indios, de plata con colgantes, comprados en uno de esos tenderetes veraniegos.

El fulano que los vendía era simpático, un viejo indio metropolitano. Uno de esos fuera del rebaño que tanto le gustaban a Gae, se pasó un buen rato escogiendo los pendientes. Al final eligió ésos. Con una especie de ojo dentro. Pendientes simbólicos. Su mirada sobre ella, o la de Dios para velar por ambos.

Delia se toca los lóbulos de las orejas, se los estira un poco.

Se ha puesto los pendientes de los ojos antes de salir, esta noche.

Encontró los orificios y los dejó caer dentro.

Gaetano la había llamado por teléfono.

—*Estoy aquí abajo.*

La había cargado con la cruz de esa cena los dos solos. *No podemos acabar así, como dos mierdas humanas...*

—*Baja cuando quieras...*

Ella había echado un vistazo abajo, a la calle. Había visto a Gaetano delante de los contenedores con el móvil en la mano.

—*Ahora bajo.*

Un pendiente chocó contra su voz, en el auricular.

—*¿Qué es ese ruido?*

Gae miró hacia arriba, a la ventana.

Delia dio un paso atrás.

Se miró al espejo con aquellos pendientes fuera de lugar. Ojos de otra vida, ridículos en la ciudad. Ridículos para aquella velada.

Se quitó los pendientes indios, volvió a echarlos en el cuenco con los collares enredados, las joyas falsas, el hedor del hierro.

Se quitó la raya de en medio, desplazó todo el pelo hacia un lado.

Ya no soy una squaw. Soy una monja, con el velo torcido.

La chica se inclina, deja algo sobre la mesa, un obsequio dulce de parte de la casa. Buñuelos de manzana y dos vasitos llenos a medias de un vino licoroso.

—¿Sigues teniendo esos pendientes?

—¿Cuáles?

—Ésos.

Delia observa los buñuelos de manzana. Dice que ya no se pone pendientes, que se le han cerrado los orificios. No le habla del espejo, de cómo ha encontrado fácilmente el pasadizo de la carne. Gaetano se le acerca un poco, como si buscara algo, un resplandor, entre ese pelo negro.

—Quisiera quedarme con los niños en la segunda mitad de agosto, si te parece bien.

—¿Y adónde te los vas a llevar?

—Aún no lo sé.

Acabará llevándoselos a Tagliacozzo a casa de la abuela. Su familia se traslada allí durante el verano, a una de esas casitas que huelen a ceniza. Acabará por desmadrarse ante el ordenador, por pelearse con su madre y con su abuela delante de los niños. No hay nada peor que un hombre frustrado metido a la fuerza en una casa de mujeres demasiado condescendientes. La abuela se sostiene con un andador, pero amasa aún la pasta fresca. La madre cultiva marihuana entre las hierbas aromáticas, se viste como Sonia Gandhi.

—¿Te los llevas a Tagliacozzo?

—Llevaré las canoas. Hace fresco, podemos irnos de picnic, navegar por el río.

Es él quien quiere ir en canoa. Desfondarse con un esfuerzo inútil. Nico es demasiado pequeño y a Cosmo no le sienta bien el frío. Conseguirá que se pongan malos. No sabe hacer una mierda él solo. Era ella la que preparaba los bocadillos, la que llevaba los impermeables.

Gae la mira, busca confirmación.

Delia conoce bien, demasiado incluso, esa mirada de perro poco de fiar, de esos que les das de comer y te gruñen después.

Gae se despega la camisa húmeda y pegajosa del pecho. La idea de esa casita entre los callejones le oprime un poco el corazón. Delia y él hicieron el amor algunas veces allí, en aquella cama alta, de hierro negro. La abuela los despertaba con el olor de la moca, el dulce de castañas. Se sentían amantes de otro siglo.

Piensa en esos callejones en verano, cuando el pueblo se llena de un turismo pobre, aldeanos de regreso. Evacuados. Viejos en camiseta y mujeres en combinación que se entrometen en los asuntos de todo el mundo. No has acabado de comer cuando tu abuela ya está organizando la cena. El olor constante de la salsa. Hacerse un café se convierte en un acto temerario. El calippo por la noche, el flipper. Los niños a los que se les salen por las orejas los juguetes comprados en el quiosco.

Se pondrá nervioso. Su padre acabará por decirle algo fuera de lugar.

—*¿Qué cojones quieres? ¿Quién coño te crees que eres? Si nunca has hecho una mierda por nadie, ése eres tú. Ni siquiera has sido capaz de mantener a tu familia.*

Le saltará al cuello, menudo imbécil. Ese medio hombre con la coleta gris, el italiano relamido, los encuentros de motocross. El corazón mezquino de un carbonero, de alguien que da paladas negras. Un padre minúsculo, una ventosidad detrás del culo.

Cogerá a los niños, los meterá en el coche al anochecer, les tirará encima sus trapos, sus espadas de plástico.

—*A tomar por culo todos. Tú incluida, mamá.*

La abuela insistirá en darles un cucurucho de comida frita. Que apestará en el coche. Que tendrá que pararse a tirar en un contenedor.

Acabarán en un motel, los tres en la misma cama. En el techo, las marcas del lanzamiento de zapatillas, de los mosquitos muertos.

Los niños dormirán. Sus mejillas hinchadas, sus bocas abiertas, la mancha de saliva en la almohada, el pelo y la espalda sudados. El ruido de la nevera y algún otro zumbido de los cojones, del aire acondicionado roto, de algún desecho humano que ronca.

Acabará por hacerse un porro en la rendija de la ventana abierta, mirando las luces de los coches a oscuras.

No será una gran película.

Pensará en esos padres que se quitan la vida en verano, cuando el calor echa a perder lo poco que queda de vivo en sus cabezas. Padres sin un duro, sin amor, sin dignidad, con un buen montón de proyectos fracasados a sus espaldas. Todo culpa de la mujer que los puso contra la pared, que primero les chupó la polla, haciéndoles creer quién sabe qué, y después les dijo *lárgate, baja de mi tranvía, no llevas billete, ni documentos. Eres un clandestino mugriento.*

Una vez se lo preguntó. Esa vez que le entraron ganas de llorar en el coche, con los niños detrás, en el espejo, que charloteaban en su idioma. Se preguntó *¿y si tuviera que hacerlo?* ¿Si la vista fuera a ensombrecérsele (por un instante, el eclipse total)? Meter el tubo dentro. Llenar de gases el habitáculo, ver esas cabezas doblarse sobre sí mismas (como tantas veces las ha visto doblarse en el sueño).

Y, después, a salvo de todo, de la vida que he producido pero no puedo atender, ni salvar, ni entregar al mundo así, con esos genes de mi fracaso dentro. Morir por fin, levantar el campamento. Olvidarme de ella, de esos pendientes. De ese mundo que hemos erigido y destruido. Por lo menos ahora ha sido. Hasta el final.

—Cosmo se ha hecho un raspón en la frente...

Gae no contesta, asiente desde lejos.

—En ese bar..., la manija de la puerta estaba oxidada...

—Están al día con la antitetánica, ¿no?

—Sí, deberían estarlo. ¿Dónde están las cartillas de vacunación?

—En casa, supongo.

—No las encuentro. ¿No te las habrás llevado tú?

—¿Y para qué iba a hacer eso?

—En pleno follón, cuando te llevaste los guiones.

—Cuando me tiraste encima los guiones, querrás decir.

—Necesito esas cartillas. Tengo que verificar lo de las vacunas.

—Sí, desde luego.

Gae tiene una sonrisa en la boca. Las ideas van tan rápido, vuelan sobre esa sonrisa sin turbarla, chupan espinas y polvo como un buen aspirador en una moqueta sucia.

Da un mordisco a un buñuelo de manzanas y pasas.

—Pruébalos, están ricos...

No, qué va, será un verano estupendo.

Irá a Tagliacozzo con los niños, remontarán el río hasta las pozas, se bañarán en esa piscina de la naturaleza. Él se ganará un pedazo de paternidad. Es así como tendrá que hacer de ahora en adelante, al contraataque, aprovechando retazos. Ganarse su confianza a lamparones.

Y también será amable con su padre. Intentará rehabilitarlo, será un buen ejercicio. Será magnánimo. Tiene ganas de demostrarle que puede ser mejor que él. Y, además, honestamente, el mes anterior le pasó mil euros, le pagó el seguro del coche. Y él ni siquiera le dio las gracias. Le dijo *déjalo estar.*

Lo odia porque no lo estima. Lo odia porque cada vez que se tropieza con él lo odia. No puede dejar de pensar que su derrota arranca de ahí. De ese hombre minúsculo que le quitó las fuerzas, que le hizo correr cojo.

Se lo encontraba pegado a la cama por la noche. Se despertaba porque se encontraba esa mano sobre su cabeza. Lo acariciaba como si excavara, como si quisiera sacarle los sesos. Su cara de retrasado (cuando estaba melancólico, parecía realmente subnormal).

—No contamos una mierda, Gaetano. Recuérdalo.

Era sindicalista. Ocurría cuando perdía alguna batalla, cuando bebía.

Lo despertaba, murmuraba sobre su almohada como si fuera el confesionario de una iglesia siempre abierta.

Al día siguiente estaba tan ágil como una cobra.

Se sentaba en los graderíos del campo donde él jugaba al fútbol. Con los pantalones ajustados, las botas camperas. (Sólo con verlo llegar, Gaetano se volvía extraño, miedo a equivocarse, miedo a que lo insultara.)

Desde los graderíos, gritaba.

—Pasa, corre, desmárcate.

—He ganado, papá.

La bolsa sobre los hombros, dichoso.

—¿Por qué? ¿Es que los otros eran un equipo? Eran de requesón. Has ganado contra el requesón.

Reía, *bueno, mejor que nada.*

¿Cómo es posible decirle a un hijo *bueno, mejor que nada*? Es un estribillo que reaparece cada vez que te conformas, que no luchas hasta el final.

Cuando te dan un cacahuete.

Y tú, en vez de indignarte, de saltarle al cuello, piensas *bueno, mejor que nada.*

Mira a su alrededor, respira. Bracea. No sabe lo que tiene. De repente, aquella ráfaga. Que tan bien conoce. Odiar el universo y a sí mismo durante largos instantes, y sonreír.

Ahora le da la impresión de que todo el mundo lo mira sin respeto.

Piensa en esos compañeros que lo encerraban en un corro en los vestuarios. Que le tiraban los zapatos al váter.

Se desarrolló tarde, durante años siguió siendo un niño entre los chicos de su edad. Con la colita rosa, las manos pequeñas. En las fotografías escolares le colocaban guías telefónicas debajo de los pies para elevarlo un poco. Después, de repente, creció, pero ya en el instituto. Demasiado tarde para volver atrás, a ese vestuario, para meterles la cabeza en el váter a esos violadores.

—Tus padres ¿están separados?

—No, ¿por qué?

Fue una de las primeras cosas que le preguntó Delia. A Gae le parecía lo natural una familia unida, es más, le parecía un coñazo esa mamá algo frágil, robusta pero insegura, una falsa libélula, y ese padre que se la llevaba detrás, montada en la moto de enduro. Para él, el matrimonio no era gran cosa, una combinación de infelicidad y sentimentalismos. Pero era algo, por lo menos. Unos pilotes inestables sobre los que dejar una canoa, un ideal.

De niño tuvo sus momentos desagradablemente freudianos al oír a los dos ajetreándose de noche. Después, al crecer, le había dado igual su camaradería de almas débiles. También el amor por su madre había adquirido otra dimensión. Serena hacía tartas caseras para el pub, hablaba con el vecino de casa, era amable con todo el mundo, pero sustancialmente inútil para él. Alguien que se había chutado y que había mantenido esa herencia, la cabeza algo encharcada, una sonrisa vagabunda.

Delia era una mujer, podías notar la honda sustancia de su persona, podías oír ese ruido como de mar en una cueva. Una que te mira y no te deja. Que viene a salvarte al fondo donde te has enredado. Lleva un cuchillo en la boca, te suelta los pesos, corta los lazos de las bombonas. O muere allí abajo contigo o volvéis a la superficie juntos.

A Delia le gustó mucho la familia de él, le parecía una garantía para su futuro. Un chico acostumbrado a la solidez, a las discusiones que pasan, a las comidas dominicales todos juntos. Su amor por Gaetano se prolongaba en aquellos dos cuerpos. Serena cocinaba bien, y ella le había regalado una vaporera de bambú. También el padre le caía simpático, ese Aldo, ese filósofo de bar, suscrito a *Focus*. Era galante con ella, una suerte de novio de repuesto. La primera Navidad que pasó con ellos fue la primera auténtica Navidad de su vida, Aldo sacó la guitarra y se puso a cantar *Serenella ti porto al mare, ti porto via...*[*]

Gae gruñía, ella reía.

—*Es tan simpático..., tú no sabes lo que supone tener un padre deprimido...*

Años más tarde le parecerían tan miserables, tan muertos ellos también. Cuando el telón había caído. Ella, como herencia, se había quedado con el hijo de su contumacia, de su fingida felicidad, de su falso amor. Dos ex hijos del sesenta y ocho, inconclusos como su revolución.

—¿Qué tal está tu padre?

—Se ha operado de la próstata.

—Ya lo sé. Me lo ha dicho tu madre.

—Aún pueden follar.

La mira, le da vueltas.

—¿Se hereda el cáncer de próstata?

—No creo.

Se ríe, sonríe ella también.

—Pero ¿dónde está exactamente la próstata?

—No lo sé...

—Cómo que no lo sabes, eres médico.

—No soy médico.

—Casi, ¿no?

—No.

Ha pedido otro vaso de ese vino dulce, *digestivo,* ha dicho la camarera; en cambio, se te sube a la cabeza.

---

* «Serenella, te llevaré a la playa, te sacaré de aquí...» Fragmento de la canción *1950,* del cantautor Amedeo Minghi. *(N. del T.)*

La camarera sonríe, un dintel de dientes perfectos.

—Os dejo la botella.

Delia asiente ante esa amabilidad tóxica.

Gaetano mira el cuello de Delia. Ese que más de una vez ha imaginado hacer trizas clavándole un bolígrafo Bic en la carótida.

Un día ella dejó de apreciar lo que él escribía.

Él mismo sabía que eran en buena parte gilipolleces, que debería haber sido más sincero, más honesto y más bla, bla, bla.

Pero la vida de un escritor debiera parecerse, un poco por lo menos, a lo que escribe. Encerrado en aquel piso, ¿qué vida ha llevado él? Vicisitudes minúsculas, facturas, congelados que colocar en el congelador. Y fuera también. Conversaciones con moluscos, gente pagada de sí misma, ¿de qué, en realidad? Una ciudad que parece un anuncio de la mierda, no de la felicidad, sino de la simple mierda empedrada por capas como en esos garajes de varias plantas. Debería dar un salto a Ciudad de México, a algún maldito lugar desesperante y auténtico. Meterse un flipe nuevo, fustigarse a base de bien.

Entonces tal vez recupere un poco de brío.

En ese barrio africano de nombre, repleto de chinos de hecho. Solo, en ese semisótano de lo más sórdido. En el sofacito, las señales de quien se ha corrido antes que tú. Años de soledad. Un apartotel para hombres *borderline.*

Sí, tal vez recupere allí un poco de brío del bueno.

Escribir es una especie de manual de supervivencia. El mundo está lleno de gente tan precaria como él, autárquicos que siguen teniendo las suficientes ganas de soñar con salirse alguna vez de la pista. Jóvenes taxistas cabreados, capaces de apreciar la audaz perorata de un viejo muchacho que aún podría conseguirlo pero que ya ha decidido irse a tomar por el culo.

Meterá allí también la historia con su mujer. Le hará daño. Relatará incluso el sabor de su coño.

Le bastará un solo libro, solo e inútil como un *samizdat*.

Podría ser que tuviera un notable éxito clandestino. Que un editor se interesara por él. Podría ser que ligara. Una de esas chicas con zapatillas de deporte y faldas torcidas que dan esperanzas. Que llorara leyendo sus gilipolleces. Como Delia al principio.

Cuánto echa de menos una mirada de ésas. Si no la conoces, vivaqueas y no la echas en falta. Pero si una cabrona posa en ti esas alas, hace que te sientas el héroe de un guión temerario, serás toda tu vida un mendigo que va por ahí en busca de esos párpados que sólo se abren para mirarte y se cierran para aprisionarte.

Bajo la mirada de las estrellas.

No con ojos tristes y lejanos. Cercanas y refractantes como las que pegabas al techo de niño.

Un día, Delia le dijo:

—Esto es el paraíso.

Le decía un montón de gilipolleces parecidas.

Pensándolo bien, debería haberla mandado a cagar de inmediato. Vale con el hechizo, la manzana roja, pero ¿cómo creer en ciertas chorradas?

Es que le hacían mucha falta y ella lo había zaherido.

Se fueron a vivir juntos casi de inmediato. Él montó la librería, la plataforma para el tatami. Le pidió permiso para colgar el saco de boxeo de la pared, tenía el gancho ya listo. Ella se volvió con una de esas sonrisas que hubieran derribado a cualquiera.

—Si tienes que partirle la cara a alguien, hazlo, vuelve a casa ensangrentado de la batalla. Pero deja tu rabia fuera de esta puerta.

¡Qué coño! Cómo es posible rebelarte ante una maestrilla semejante, una que te pone firmes con una sonrisa.

—¿Qué piensas hacer?

—¿A qué te refieres?

Quiere saber qué piensa hacer ella, cómo piensa vivir *íntimamente*.

Delia levanta el vaso repleto de aquel vino dulce y se lo bebe de verdad. A sorbos duros, como una especie de medicina.

—Y qué quieres que sepa yo de cómo se vive. ¿Tú crees que lo he sabido alguna vez?

—Lo sabías siempre todo.

—Me despierto y me visto, después visto a los niños. Así vivo.

Gaetano la mira, le mira una mano.

—¿Te masturbas?

Pero ¿qué dice este imbécil? Le entran ganas de llorar. Sabe que lo hará, más tarde, a solas.

—Ya has bebido suficiente. Paga y vámonos.

Pero Gae, de repente, ya no tiene ninguna gana de irse.

—Yo me masturbo mucho.

Delia se encierra en sus brazos. Mira la vela, esa llama que se hunde. Se siente vencida por el cansancio, por la náusea.

Gaetano sonríe.

—Y después lloro. Me corro y lloro.

—Es una imagen verdaderamente angustiosa.

A Gaetano le gustaría tomarle la mano.

—Pero no estoy triste, debo decirte la verdad. Estoy bastante en forma.

—Mejor para ti.

—No estoy dispuesto a sufrir. Me he despertado una mañana y he dicho basta.

La pareja anciana está compartiendo una ración de postre, es ella quien se lo da a él. Hace que la cucharilla penetre entre los labios de su marido, después coge un pequeño bocado para sí misma, usando la misma cucharilla.

Debe de ser una costumbre, un pequeño rito que repiten con gusto. Él abre la boca, acepta la cucharilla como un dócil sacrificio. Delia piensa que hay aún tensión sexual entre esos dos. La mujer tiene el busto erguido de alguien que quizá ha practicado danza. Y brazos flácidos que no se avergüenza de tener al descubierto para él, que quizá siempre la haya amado así, con los brazos desnudos. Un amor frágil y vivo, envejecido dócilmente junto a la carne.

Tal vez sea un aniversario, una velada amable, de memorias. Delia mueve una mano en el vacío de delante.

Mira a Gaetano, su camisa arrugada, húmeda en el cuello aún joven y ya tan infeliz. El cuello inquieto de alguien que respira mal, que boquea junto a todo lo que aún querría hacer. Los deseos confundidos con las desilusiones, mal entremezclados.

No han sabido compartir. Han sido ávidos, ingenuos. Y nadie los ha ayudado.

Su amiga Benedetta le dijo que resistiera, que creyera en el don del amor, de los hijos. Se la había encontrado en la floristería del egipcio. Benedetta se ha sumado al Camino Neocatecumenal con su marido. Se reúnen con otras parejas en la iglesia del barrio, hablan, organizan colectas para los más necesitados, la cuestación para las misiones. Se intercambian cochecitos de niño, zapatos usados. Todos tienen muchos hijos, de distintas edades, pero son tan parecidos como esas muñecas que se meten una dentro de la otra. No se preocupan por su aspecto, cantan con la cara dirigida hacia el cielo. Pero sobre la tierra no parecen apañárselas mejor que los demás. Hablan de dinero, toman antidepresivos.

Delia intentó asistir a alguna de esas reuniones.

—*Estoy sufriendo, ya no estoy segura de amar a mi marido, es como si nos hubiéramos perdido en un laberinto* (era la imagen que mejor representaba su estado, uno de esos laberintos de los jardines ingleses, embriagadores y terribles).

Una voz de la congregación le dijo que perseguir *esa clase de amor* era una equivocación.

—*Creer en el propio dolor es un gesto de soberbia.*

Pero aquella humildad sombría le pareció veteada de centelleos de altanería. El gran amor del que hablaban no se parecía a sus rostros, imprecisos y descontentos no menos que el suyo. Toda esa gente junta no emanaba una auténtica energía vital, sino un hambre apagada.

Si era ése el arcén donde situar su propia existencia en el mundo, sin sufrir ya a causa de todo aquel dolor engañoso como un laberinto, sencillamente no le interesaba vivir.

Gae quería ser artista. Los artistas eran las únicas personas que le gustaban un poco, los únicos que intentaban roer algo más allá de la trivialidad de la vida. Era consciente de no poseer ninguna aptitud especial, pero se sentía optimista. Empezó por su aspecto, vistiéndose de manera peculiar. Permaneció a la espera de sí mismo, escuchando a los Oasis con los ojos cerrados. Se apretaba un músculo, el bíceps o el gemelo, hasta hacerse mucho daño. Iba en busca de una cierta *temperatura.* Se imaginaba que todo debía de arrancar de ahí, de una suspensión, de un estado de ánimo irreal. Confiaba en alcanzar esa condición con un salto repentino.

Por eso se quedaba embelesado mirando a los magos que en la televisión cerraban los ojos y temblaban evocando entes. Sabía que no eran más que charlatanes, pero estaba convencido de que la mayor parte de los artistas está compuesto de impostores. Con talento. Y que el terror de ser desenmascarados estaba siempre presente en sus ojos.

Como guionista, tenía cierta habilidad en orinar ocurrencias a buen ritmo. Pero cuando escribía para sí mismo era distinto. Para desahogarse, practicaba un poco de deporte antes de empezar a soltar trompazos de verdad, de entregarse a su *match*.

Se sentaba con la sudadera húmeda puesta (la histórica de los All Blacks), la taza de café cerca, un porro ya listo para premiarse, para releerse y correrse. Partía muy decidido. Frases arrancadas a mordiscos, puntos a ráfagas. Con la cabeza agachada de un púgil que no mira a su adversario. Después, fatalmente, se enredaba en una frase filosófica y renqueante, cuyo significado él mismo era incapaz de captar.

Levantaba la cabeza, miraba la pantalla. Nunca debería haberlo hecho. Era un mecanismo destructivo consolidado. Se obstinaba en esas palabras, como si fueran las últimas sobre la Tierra. Limaba, sustituía, desplazaba, hasta vaciarlas de toda verdad.

Seguía tomándola con el mundo entero, con el rollo de papel higiénico que los niños arrastraban del váter hasta el ordenador para que les limpiara el culo.

Delia lo dejaba solo con aquellos dos cagones. No podía, desde luego, llevárselos a la consulta, y él trabajaba en casa. Les dejaba la comida en la nevera y una nota con los números de utilidad. Él encendía Discovery Channel (pruebas extremas, medusas, ranas amarillas, *survivors*), les dejaba comer sobre la alfombra. Salchichas crudas y mermelada.

—Tú sabes que los dejas con una persona poco adecuada.

—Eres su padre.

—Pero no dejo de ser poco adecuado.

Delia se reía. Sin duda no era un padre trivial, algo aprenderían, aunque no fuera más que a sobrevivir en un desierto, comiendo larvas y hormigas gigantes.

Los niños ni siquiera lo escuchaban. Cuando los regañaba lo miraban como si tuviera un cólico y gritara a causa de un dolor suyo, intestino. No despertaba una verdadera aprobación, como se merecería un padre joven que se arrastra por el suelo, finge ser un superviviente debajo de una alfombra con ranas estampadas, descuidando su trabajo de escritor, de creador de ilusiones.

—Estoy renunciando a mucho por vosotros.

De vez en cuando se lo decía a los niños. Cuando los tomaba en brazos y les hablaba seriamente. Con los ojos rojos de marihuana.

En realidad, nunca había tenido mucho afán de auténticos logros.

Delia se lo había dado a entender.

—Tú no tienes la menor intención de hacerte el haraquiri.

Gae puso su cara de pasmado.

—Ojo, que ni soy marica ni estoy desesperado como Mishima.

—Contigo no se puede hablar..., si por lo menos fueras capaz de extraer de toda esa fantasía tuya algo bueno...

—Mis guiones no están nada mal..., algunos hasta son buenos.

—*Sí..., no están mal, en efecto.*

De nuevo agua tibia. ¿Cómo es posible vivir con una persona con tan pocos impulsos emotivos hacia ti? Es como bañarse en agua tibia. Que no te transmite calor ni tampoco frío.

—¿Puedes trabajar mejor ahora que estás solo?

Gae asiente, piensa en el semisótano de Viale Somalia. En el niño chino que juega con un cochecito en la verja de su ventana.

—Tengo nostalgia..., la nostalgia es un buen sentimiento para escribir.

Echa un trago de vino, se toca la tripa. Tiene esa clase de carne firme, algo excesiva debajo de la camisa, debajo de la chaqueta gastada en los bordes. Tiene que ponerse a correr si no quiere volverse gordo.

—¿Tú crees que los escritores no tienen una buena relación con el mundo?

—Si se inventan todos esos personajes..., buscando una auténtica intimidad sólo con ellos..., es decir, sólo consigo mismos...

—Yo no soy así.

—En efecto, tú no eres un verdadero escritor.

—¿Y qué soy entonces?

—Uno como los demás. Uno que busca un camino cualquiera para afirmarse a sí mismo. Nunca has sabido vivir con nosotros.

—Nunca me he sentido valorado...

—Y por eso te marchaste.

—Me echaste tú.

—No tengo edad aún para tener un hijo adolescente. Me basta con los niños. Quizá dentro de unos cuantos años hubiera podido soportarte mejor.

Habría bastado con resistir unos cuantos años todavía. Con un puñado de temores más encima, quizá no se hubieran dejado.

Habrían podido aceptar serenamente la derrota, como buena parte de las parejas casadas, diluirse en el tiempo como la hipoteca de la casa. Hasta acostumbrarse a las paredes resquebrajadas, a las hendiduras por las que huir de vez en cuando.

La madre de Gae, delante de una cerveza negra, le dijo *cuando la vida se acorta, te muestras menos gallito. Te entra un frío enorme.* Se había confundido con la película*, se rió. *Un afecto enorme..., quiero decir.*

Un choque lejano, ruido de metal que impacta con dureza. Un accidente nocturno, uno de esos cruces de mierda en la Nomentana.

—Esperemos que no haya sido nada grave.

Delia mira a su alrededor con esa cara suya de moribunda, preocupada por la suerte del mundo. Estará pensando en alguna desgracia absurda.

Gae se toma otro buñuelo. La vida rueda en sus tinieblas contigo o sin ti, indiferentemente. Le subirá la acidez. Ya se tomará un Maalox, qué se le va a hacer.

---

* Juego de palabras con la famosa película de Lawrence Kasdan *Reencuentro* (1983), cuyo título en italiano, *Il grande freddo* (El gran frío), se ajusta más al original inglés, *The Big Chill. (N. del T.)*

La mano de la mujer anciana ha caminado por la mesa hacia su marido y él la ha tapado en seguida con la suya, un gesto subterráneo, rápido. Gae mira ese contacto de manos viejas, manchadas. Como diciendo *estoy aquí, te tapo igual que de noche con la manta, como un halcón con su vieja ala, para no desertar jamás, para que no sufras de abandono por causa mía ni un instante siquiera.*

Gae se pregunta si esa mano es ya la tapa de un ataúd, o si por debajo vibra una vida, una felicidad mejor que todo su inútil futuro. Quisiera ser viejo ya. Sólo para disponer de esa posibilidad. Saber qué hay debajo de esa mano.

—¿Cuál de los dos morirá antes?

—¿Perdona?

Delia mira hacia allá. A la otra mesa, hacia el otro mar.

—Esos de ahí... se están preguntando cuál de los dos morirá antes.

—¿Y tú cómo lo sabes?

—Son preguntas que las personas ancianas empiezan a hacerse en determinado momento.

Gae hincha la boca como un globo, suelta una pequeña pedorreta.

—Bah...

—Bah, ¿qué?

—Mi abuelo murió suspirando *bah...*

—¿Y con eso?

—Nada, es una buena forma de abandonar la vida. Bah.

Delia estira el cuello, como si llevara un pesado caparazón a cuestas.

—¿Puedo acercarme a recoger mi ropa?

—Cuando quieras... Cuando no estén los niños.

Gae piensa en esos cuatro trapos, vaqueros y camisetas amontonadas en el armario al lado de las cosas de ella, de los paquetes de ropa vieja de los niños.

Piensa en cuando ella retiraba las cosas que se habían quedado pequeñas, besaba a escondidas un babero. Podías verla, esa vida que pasaba por aquellos diminutos vaqueros, por esos viejos pantalones de peto manchados de zumo de frutas.

Los baños en la bañerita cuando volvían del parque el domingo por la tarde, a la cama después, metidos en esos pijamas manta de oveja. Los metían primero en la cama de matrimonio. Las dos cabezas. Perfumadas por fin, listas para la semana. Se iban de allí, abrían el vino. Intentaban ser felices. La carne nueva allá. La carne de ellos en la cocina. Bajoplatos de mimbre. Y los mismos sueños de siempre, *quisiera vivir, quisiera poder expresarme, quisiera que mi alma llegara a emprender su vuelo.* Ponían un poco de música, meneaban las cabezas.

La casa era pequeña. Quitar las cosas de en medio, los cochecitos, los juguetes voluminosos, era una buena patada hacia delante. Era Gae el que empaquetaba, usando el celo. Esos días de limpieza eran los mejores. Idas y venidas al sótano, al contenedor amarillo. Podía apreciarse la diferencia, el rincón despejado entre la mesa y la nevera, el espacio en el armario. Era un auténtico lujo algunos centímetros libres en aquella casa.

—No he conocido nunca a nadie tan desordenado como tú.

Cuando volvía de sus viajes televisivos, Gae dejaba la maleta abierta en la sala de estar, sacaba únicamente el cargador, una tira de regaliz para los niños. Delia se agachaba para recoger los calzoncillos, los calcetines sucios, igual que una madre. Les costaba recuperar el compás. Él había estado en hoteles, libre, sin horarios, con servicio de habitaciones. Tal vez la casa ni siquiera le gustara ya tanto. La cafetera con el mango quemado, las toallas ásperas.

Iba a darse una ducha, organizaba el follón de siempre.

¡Recoge el albornoz!

Fue una de sus peores peleas. Ella se había agachado, había recogido el baño. Después se puso verde como el Hulk verde de Nico.

—Ahora he mejorado...

Sigue teniendo la ropa sucia mezclada con la limpia, el cepillo de dientes en la cocina, las camisas en el plástico de las tintorerías. Pero desde esta misma noche empezará a ser más ordenado.

¿Habrá sido por un albornoz tirado en el suelo por lo que nos hemos separado?

En realidad le importa un pimiento la ropa que tiene que recoger, esos vaqueros que puede que ya no le gusten, que son de otra vida, de otro culo. Quizá la camiseta londinense con el esqueleto sí. Ésa le apetece volver a sentirla encima..., descolorida como es debido, con el peso del algodón como es debido. Pero en el fondo, el mundo está lleno de camisetas. Y no será una camiseta con un esqueleto lo que te haga retroceder en el tiempo. A cuando eras feliz, un poco por lo menos. A cuando eras un imbécil, pero te daba igual.

Ahora se siente mal, piensa en el olor de las cosas de casa, el que sale de la lavadora, del palo de incienso que ella clava en la naranja. Salir de casa todos con el mismo olor encima y esparcirse por la ciudad. La familia. Gae tuerce la boca, se ahoga.

—¿Te apetece algo más?

—No, pide la cuenta.

No tengo ganas de irme, pero si es lo que quieres, vámonos, siempre has sido tú la que mandaba, gran puta, gran sueño perdido. ¿Cuándo fuc que te convertiste en prisionero de una mujer? ¿De sus malos humores, de su frente? ¿Cuándo es que uno empieza a perseguir y a perder?

—¿Sabes lo que te digo?, tíralo todo, venga...

Delia observa esa cara de loco. Lleva meses atormentándola para recoger sus cosas. Con lo que lo ha detestado ella, *este imbécil en lo único en lo que piensa es en recuperar sus camisetas, sus guarradas, sus pesas...*

—Como quieras.

—Llenas dos bonitas bolsas negras de basura... y lo tiras todo.

Tira el cadáver.

A Gae le gustaría decirle *quédate un poco más con él allí, con mi cadáver...* Es como un puñetazo esa casa sin un calcetín suyo siquiera. Vendrán los años, las estratificaciones, y de él no quedará ni rastro, de su vida en esas tres habitaciones, de su paso.

—Echáis..., ¿me echáis de menos un poco?

¿Qué coño de pregunta es ésa? ¿Cómo se le ocurre?

Ella lo mira con ese leve desprecio.

—Armaba un montón de jaleo, yo..., así que..., me imagino que... estaréis mejor..., seguro que estáis mejor sin...

Le ha tirado un helado a la cara y no ha servido de nada.

—¿Qué necesidad hay en este momento de ponerte en plan perro apaleado?

La rabia de ahora es fría y compacta como esos ladrillos de chatarra prensada que vieron en aquella exposición conceptual.

—Sí. Estamos mejor.

Esa camiseta londinense... se la quitaba para que hicieran el amor en aquel sitio, ¿dónde era?, la casa de un amigo de él..., levantaba los brazos y ella tiraba.

Delia se la encontró una tarde y sintió ganas de restregarse la cara con ella. Sí, la tiraría a la basura, ese esqueleto estampado y todo lo demás.

Tiene que irse. Los niños pueden despertarse y la llamarán, pidiendo agua, necesitados de trasmutar una pesadilla en paz abrazados a su cuerpo.

Si no tuviera tanta responsabilidad.

—¿Quién te dice que yo no me siento sola? ¿Más sola que tú?

—Tú, por lo menos, tienes a los niños.

Eran precisamente los niños los que hacían que se sintiera tan sola. Llenaban sus días, pero le devoraban todo pensamiento sobre sí misma. Y, cuando los miraba, no podía dejar de pensar *¿dónde está su padre?* Ella vivía con dos huérfanos. Con los huérfanos de la pareja que fueron.

Tal vez algún día un nuevo hombre se asome a ella, a ellos. Pero no será lo mismo.

Gae ha sacado la chequera. Delia mira esa libreta de papel azulado.

—¿Has cambiado de banco?

—Sí, está debajo de casa, es más cómodo, nunca hay colas...

—¿Te dan más intereses?

Se está mofando de él, lo sabe. A partir de determinado momento, empezó a mofarse de él, desde que dejó de amarlo.

—Yo no tengo sumas que me den intereses..., me basta con que sean amables.

—Claro.

Delia lo ve en ese banco, mirando a su alrededor, con ganas de hablar con alguien..., de tocarle las pelotas a alguien. Lleva el casco en la mano, se balancea, indeciso sobre qué pierna debe sustentar el peso del cuerpo. Como siempre, va a la caza de estabilidad. Sonríe, deja que pase una vieja, o una de esas secretarias cargadas de cheques por ingresar. Después se apoya en la ventanilla, clava sus ojos en los de la empleada..., esa mirada húmeda siempre a la caza de confirmación y de intimidad.

—¿Me dejas un bolígrafo?

La camarera se acerca, le tiende el bolígrafo. Él le da las gracias, asiente.

—En seguida te lo devuelvo.

Quizá se intercambien sus direcciones y correo electrónicos..., cuando Delia se marche, él volverá sobre sus pasos. Empezarán a decirse chorradas. Después, de repente, la mirará serio y ella creerá en esa mirada. Depondrá su destino en tránsito a los pies de una desconocida con cualquier excusa, la devolución de un bolígrafo, para no perder del todo su entrenamiento para el relente amoroso en aquel duro declive postconyugal.

¡Oh, ojalá pudiera seguir ilusionándose ella, aunque sólo fuera una vez!

Volver a ser un saco vacío, con las entrañas lanzadas al matadero de una noche, de un amor. Sabe que no será tan fácil. Tiene un visor nocturno sobre los ojos. Ha aprendido a horadar el abandono, a joder toda posibilidad de hallarse desnuda y desprevenida aún. ¿Y cuántas ocasiones habrá? Una madre no puede permitirse errar, arrojarse a las ortigas.

Volverá a casa, levantará la barbilla en el ascensor, para darse moral. Es una mujer sola y ni siquiera una artista. Es un retal. Una de esas muchas mujeres sobrantes. Irá a engrosar ese pelotón. El de las ultratreintañeras desparejadas, de esas que se ven para tomar un aperitivo, de las que entran en grupo en los sex shops, entre risas. Tiene varias amigas así, Carlotta, Alberta, antiguas compañeras del instituto que han perdido el tren y aguardan ahora a que algún matrimonio descarrile para recoger entre sus muslos a un viajero confuso.

Crisis. Aquella palabra contemporánea y terrible como *cáncer.*

Inasible, se extendía por todas partes. Una invasión alienígena. Una enorme medusa que oscurece de repente tu agujero de luz en el mar negro de la ciudad.

Gae no quería ni oír aquella palabra.

—¿De qué crisis hablas? Estamos muertos de cansancio, no es más que eso.

—Ya no nos deseamos.

—Yo te amo con locura.

Gae iba a la cocina y preparaba zumo de naranja para los dos. Se había comprado aquel aparato, aquel exprimidor profesional que abultaba demasiado en aquella cocina tan pequeña. Pero es que todas las cosas de él abultaban demasiado. Compraba siempre cosas un poco más grandes, un poco más caras de lo necesario, era una costumbre que tenía, resolver las cuestiones de una vez por todas. El cliente ideal de dependientes mitómanos y desesperados como él.

Exprimía un kilo de naranjas.

—Bébetelo en diez segundos, porque al cabo de quince segundos el efecto vitamínico se va a la mierda, tanto vale tomarse un Zumosol.

Todo así. De libro Guinness de los récords. Bebía y la veía beber.

—Dime la verdad, ¿a que te sientes mejor?

La cocina estaba llena de cáscaras de naranja..., ella observaba aquel follón, aquel cansancio. Diez años antes habrían hecho el amor, en medio de aquel cementerio de naranjas, y ella se habría reído y estremecido después, con esos suspiros altos y totales, en los que el pecho agoniza y recoge el mejor aire, ese por el que merecía la pena haber aprendido a respirar recién nacida.

Y, sin embargo, no es que él hubiera cambiado tanto. La misma mirada disponible a toda negociación posible con tal de ser amado y aceptado. Los mismos enredos.

Era ella la que lo miraba desde una perspectiva distinta. Se hallaba en otro punto de su vida. El nacimiento de los hijos y todo lo demás. Una violenta patada hacia delante. Se habían cerrado muchas ventanas, o empezaban a cerrarse. Incluso en el trabajo. Le había surgido esa posibilidad en las afueras de Roma, en aquel centro especializado en trastornos alimenticios de los adolescentes, pero no podía embarcarse en una vida de trenes diarios, volviendo a casa a las diez de la noche. Se había quedado en ese edificio color albaricoque cerca de casa, huésped en la consulta médica de un urólogo.

La gente que acudía a verla no tenía la menor intención de alimentarse, en realidad; le pedían sustancias anorexígenas, milagros. Delia ponía cruces junto a los alimentos en fichas previamente impresas. Emitía facturas (a diferencia del urólogo), por más que la honradez no la hiciera feliz. Nunca sería socialmente útil. Vivía inmersa en una especie de seguridad siempre algo alterada, que aclaraba sus días con un resplandor tenue. Se había adaptado.

Había un gato con la cola rota en el patio. Era un gato bonito, pero aquella antena rota lo volvía inseguro, sucio. Delia lo veía pasar. Y después pasaban ellos, una familia con sus abrigos, que salían. Pensaba en su matrimonio. Ella también se sentía así, intentaba hacer como si no pasara nada, pero no era posible. No quería que lo mejor de ella muriera, su antena, su curiosidad. Era demasiado pronto para creer que la vida estaba toda ahí, en esa cola opaca.

Con lo bien que cocinaba en otros tiempos. Ahora sólo les preparaba cosas a los niños, Gae y ella se adaptaban, a los purés, a las varitas de merluza.

Saca a la mesa siempre las mismas cosas. Con eso bastaría. Para comprender que no hay salvación. Deberían ser los sabores de los recuerdos, son sólo los sabores del hastío.

El viejo de la mesa de al lado ha pedido la cuenta. Ha movido la mano por el aire como una castañuela.

Por un instante, Delia ve a su padre. De vez en cuando le parece verlo, cuando regresaba y no encendía siquiera la luz del vestíbulo, se quitaba el abrigo en la penumbra.

Murió de un infarto en un bar del puerto de Amalfi. Delia aceleró la burocracia de aquel luto. Cosmo acababa de nacer, tenía motivos de distracción.

Un día empezó a pensar hacia atrás con rabia. Le parecía una injusticia que su padre nunca la hubiera visto como era ahora, madre de dos niños. Lo echaba de menos. Una puerta que se abre, el abuelo Nicola que les pone el anorak a Cosmo y al pequeño

Nicola. Se los lleva con él a dar un paseo por las excavaciones romanas, al planetario. Su padre sabía un montón de cosas, tenía una cultura oculta. Gaetano era tan joven, tan inquicto. Delia lo amaba, pero ahora echaba de menos esa figura sosegada que se había alejado de su vida sin previo aviso. Pensaba en ello por la noche, cuando estaba realmente muerta de cansancio, cuando Cosmo no dormía y arañaba la pared con un dedo, haciendo un ruido pequeño pero angustioso.

Le parecía el ruido de una ausencia..., arañar el silencio.

—*Estate quieto, cariño.*

Un día se quedó quieto, dio unos pasos hacia atrás. Había sufrido una regresión. Fingir que uno camina hacia delante, seguir el crecimiento de los hijos, mientras tienes por debajo esa cinta transportadora que te echa hacia atrás.

Delia era muchas cosas. Y a Gae le gustaron todas esas mujeres juntas. Faldas sobre faldas, hielo y llamas, todos los colores de las emociones. La sensación de que el viento la va a devorar, de que te corresponde a ti mantenerla intacta. Le gustaba un montón hablar con ella, verla cambiar, mirar todas esas caras que ponía, todos los gestos que liberaba. Una manada a la carrera dentro de esos ojos de india milenaria. Era un chollo. El antiaburrimiento.

Más tarde, en cambio, se volvió aburrida. Su desasosiego se volvió aburrido. ¿Qué mujer te entraba en casa esa tarde? ¿La nutricionista cansada o una inadaptada hambrienta de amor?

—*... es la mejor edad y me parece la peor...*

—Estamos viviendo, creo yo...

—¿Eso crees?

De joven, solía cortar las manzanas en pedacitos cada vez más pequeños. Ahora era él la manzana. La cabeza de Guillermo Tell. Flecha tras flecha. Cada noche, un disparo.

Y una noche que estás contuso, Delia dice:

—Echo mucho de menos a mi padre... y eso es algo que tú nunca has entendido.

Gae querría que le dijeran *te echo de menos.*

Él la echa mucho de menos. *Los* echa mucho de menos.

Y, sin embargo, procura comportarse como un hombre, consolarla.

Delia saca a relucir la vieja historia del campo de concentración, de la tristeza endémica de su padre, de aquella muerte que es sin duda un suicidio, *una forma de suicidio...*

Y tú querrías decirle *pero ¿qué coño dices? Murió de un infarto, había salido en barca con su amigo el dentista, en uno de esos veleros molones de teca, un Swan 45, se estaba tomando un aperitivo ante un ocaso bíblico. La palmó de un infarto con un Martini helado en la mano. Menuda suerte.*

En cambio venga mentira tras mentira, asintiendo, dándole cuerda. Y después ella que te dice *estás distraído, estás ausente, ya no te siento a mi lado, te siento lejano...*

Hasta hace un minuto querías follar (por más que esté realmente delgada, otra vez tan chupada como en otros tiempos aunque con más huesos en la cara, más dura). Ahora quieres morir de un infarto delante de ella, como su padre, para conseguir que te ame un poco. Te acercas a las botellas, te sirves una bebida de muchos grados. Morir con un vaso en la mano. Sientes que es la única manera de convertirte en alguien en esa mierda de familia más rica y más inteligente, menos afectiva y más cabrona que la tuya.

Un día, Gae empezó a parecerle estúpido. Aquella mirada, esos dos ojos encajonados, misteriosos y ocultos eran ahora dos botones brillantes, sin profundidad. Miraba esa expresión de simio. Lo oía deglutir en la mesa. De pequeño se había alimentado de bocadillos y coca-cola, y así se había quedado, carne de *fast food,* crecido. Comidas golosas, rápidas y coloreadas de salsas.

Incluso esas carcajadas le molestaban. Antes le parecía auténtico ese alborozo, auténticas esas salidas fáciles. Uno de esos que te salvan a golpe de petisúes, de carcajadas. Ahora le parecía un cotilla de *reality show*. Cuando se encontraba con algún amigo de la televisión y se desternillaban por chorradas. Después volvía a casa y se despanzurraba en el sofá, sombrío en un instante.

—*Le caigo bien a todo el mundo, sólo para ti soy un coñazo.*

—*Los demás no saben cómo eres de verdad...*

Ella conocía la otra sinfonía, la de los momentos bajos, la de las neurosis que se encarnan como esas uñas que Gae se mordía hasta hacerse sangre.

Todo resultó tan rápido. Y sin embargo parecía todo tan sólido. Es lo que Gaetano querría decir a toda pareja que pase, suponiendo que le interesara ser bueno con los demás y dar consejos. No os fieis de vosotros mismos, de lo que creéis haber construido.

Lo que hasta el día anterior te parece imposible, ahora está ahí. Tu mujer parece poseída y no es que tú te comportes mucho mejor. De repente chillas a los niños. Porque corren, porque están vivos. Después vas restregarte contra su almohada.

¿En qué me estoy convirtiendo? Es una voz ventrílocua, mejor dicho, es la voz de tu mujer. *¿En qué te estás convirtiendo?*

Sabes que te has convertido en una réplica de tu padre. Mientras fingías huir lo más lejos que podías de quien te ha generado. Sales con frases suyas..., *en esta casa yo no cuento una mierda.* Por fin eres tú mismo, lo peor de ti mismo. También de tu suegra empiezas a estar realmente hasta las pelotas, entra en tu casa para juzgarte en silencio, mira tu desorden, acaricia la delgada espalda de la pequeña squaw. Se están aproximando contra ti. Alianzas de tripas sioux que se regeneran para joderte. Ha vuelto el lenguaje oculto y mortal de la familia de origen.

La primera carcajada de Nico. Bastaría con eso.

En una pizzería, en la playa, una playa cercana, un día. Y por la tarde allí, quemados. Nico en el cochecito y Cosmo, que se acerca a su hermano y le da ese trozo de pizza y estiran la mozzarella de una boca a la otra... Les parece el mejor juego del mundo. Cosmo que le pone caras divertidas, y Nico que se echa a reír, primero suelta unas pedorretas y después empieza. Se desternilla de risa y ellos se ríen extasiados, y a su alrededor el resto de la gente ríe a causa de ese niño tan pequeño que se desternilla..., y Cosmo que no se queda atrás y ahora son dos hermanos que ríen y ríen sin parar.

Aquellas carcajadas. ¿Adónde han ido a parar esas carcajadas en el mundo? Parecía como si fueran a liberarlos, a derribar los terraplenes de la felicidad para siempre. Parecía realmente que Nico fuese a salvarlos a todos con su alegría, tan fácil como su carácter. Ella tenía los dientes estropeados, pero no se acordaba. ¿Por qué no se detuvieron entonces? Con las bocas abiertas de par en par, una carcajada congelada, como en el final de una comedia americana.

Gae rellena el cheque, pone la cantidad. Cuando firma, Delia siente como si se sofocara. Son todas las firmas que han puesto juntos en las hojas de la vida conyugal. Sabe cómo traza él la G, enroscándola, como un sacacorchos.

—¿Estás seguro de que tienes tanto dinero?

Dice que sí, después se ríe.

—He estado trabajando.

Son palabras mágicas. Está realmente satisfecho.

Le ha dado más dinero de lo que puede permitirse, ha arrancado ese cheque, la ha dejado de piedra. Quiere encargarse de los niños. Quiere ser su padre a todos los efectos. Se sintió tan feliz cuando le pagaron. Cobró el dinero, se metió en la cabina de seguridad del banco sonriendo. Hubo un pequeño problema técnico, se quedó bloqueado durante unos segundos. Le parecía poder saludar al mundo desde aquella burbuja de cristal blindado, llevaba en el bolsillo el dinero para sus hijos, era una magnífica jornada de tregua.

Delia mira el cheque. Algo es algo, por lo menos. La velada ha tenido su sentido. Sabe ya que no verá nada más durante los próximos meses.

—Sería mejor que transfirieras a mi cuenta un poco todos los meses, lo que puedas, así sabría con qué puedo contar.

—Por ahora cuenta con eso, es un montón de dinero...

La mira, gime un poco..., quién sabe qué se le había metido en la cabeza, recuperar... algo de estima, por lo menos.

—Yo no sé cómo he sido capaz de resistir..., no lo sé...

—Yo tampoco sé cómo he sido capaz. De tener dos hijos contigo.

—So puta so puta so puta so puta so puta...

No se sabe la de veces que lo dice y Delia lo mira sonriendo y asintiendo ante ese momento de verdad, de desalentadora belleza.

Por fin se miran a los ojos.

—... so puta so puta so puta...

Reconocen el sabor único de su derrota, del daño que se han hecho. Es una sed que no ha acabado, que quizá no acabe nunca. *Todavía estamos aquí, so puta.*

También cuando hacían el amor lo incitaba ella al lenguaje obsceno. Callada, pasiva, maleable hasta la muerte.

—Me has destrozado la vida.

—Tú has destrozado la mía.

—No vales nada.

—Lo sé y me importa una mierda.

Gaetano se ríe, esa risa que lo afea, saca a relucir el trozo de encía sobre los dientes demasiado pequeños para un hombre.

—Lo siento mucho por los niños, sólo por ellos...

—Deja en paz a los niños.

—No se merecen un padre así.

—Pero ¿tú quién te crees que eres?

—Yo no puedo permitirme tus gilipolleces, hago lo que puedo..., todo lo que puedo para protegerlos.

Quisiera llorar, pero ha decidido que no volverá a llorar delante de él. No le volverá a dar esa parte líquida de sí misma.

—¿Protegerlos de quién? ¡¿De mí?!

Delia hurga, busca algo, un clínex, el bolso se le cae al suelo mientras rebusca, lo recoge. Se cruza con la mirada del anciano de la otra mesa, que parece sonreírle.

—No quiero que se parezcan a nosotros..., quiero que sean mejores..., pero mucho me temo que acabarán por parecérsenos.

—Yo los quiero más que tú.

—Tú no eres una persona equilibrada. Y lo sabes.

—Tú... tú eres una mala mujer...

Delia tiene ahora la sensación de que él le está hablando a su madre. Aquella vez en la que les vio discutir, cuando él le gritaba *eres mala,* como un niño rabioso. No habría que conocer nunca demasiado bien a las personas, saber su proveniencia emotiva. Porque todo se amasa en un huracán de desilusión, de sensación de muerte que se repite. Su matrimonio le ha enseñado que la intimidad, esa puerta que se abre entre dos personas, antes o después supura rencor.

Si ella no hubiera conocido, amado, clasificado, detestado cada porción de él, no juzgaría tan inútil su mirada de ahora, en ese momento. Al contrario, quizá le pareciera una mirada iluminada, capaz de iluminar algo en ella.

No volverá a buscar esa familiaridad. Compartir desilusiones, a eso se había reducido el amor. Un día, sencillamente, ya no aguantas el verte fea, descuidada, una enfermera nerviosa, inclemente, que coloca el gotero sin paciencia.

—Te he salvado miles de veces, Gaetano.

—¿Y yo? ¿Es que no he hecho nunca nada por ti?

—Lo has hecho, a tu manera.

—Pues bien que te iba esa manera, en otros tiempos.

Delia asiente, tiene razón él, y es casi un alivio pensar que por una vez tiene razón él. Está tan cansada de tener siempre la razón de los tontos.

Él la mira y quizá esté pensando en el principio, en lo fácil que era todo. Ha cambiado de cara.

La misma cara de cuando buscaba chocolate deambulando por la casa lleno de esperanza.

—También nos peleábamos al principio.

Es cierto. Recuerda más cosas de ella. Se peleaban como los niños que tienen miedo a perderse. Les costaba sintonizar, estaban tan llenos de energía que acababan por darse calambre.

—Nos gustaba un montón pelearnos...

—No, a mí no me ha gustado nunca.

—Te gustaba un montón hacer las paces...

... *hacer el amor,* no lo dice. No se atreve a decirlo. Le da vergüenza..., acordarse de algo que acarrea un olor, una imagen tan suya, tan muerta. Tan dura como para dejarla morir. Las piernas una sobre la otra, el vello, lo demás. Lo de después. Ella junto a la ventana. Su culo de perfil. La tripa, aquella vez. El hijo que vendría. Es una avalancha. Imágenes que te llueven encima todas a la vez, y no puedes detenerlas. Tanta vida. Y llegas de inmediato a la muerte. En tres segundos enanos. Cuando intentaban hacer el amor y no eran realmente capaces, entonces se reían para mofarse de sí mismos, para mofarse de aquel dolor. Hacían como si fueran amigos, compañeros de excursión escolar.

Delia ponía las almejas a expurgar. Gae veía la arena que iba saliendo, pensaba en su vida, en la ciudad, en las relaciones inútiles.

—Vámonos, plantemos a los niños.

Volvieron a aquellas pozas calientes.

Esta vez en un hotel termal, con una bonita habitación. Ya no tenían energías para quedarse al aire libre entre fango blanco y velas.

No habría que volver nunca a los sitios. A los santuarios.

No habría que dar nunca ese mortal paso atrás.

Alrededor hay voces, incluso los matorrales hablan, habla el agua..., *ya no es como entonces, nunca volverá a ser así...* Como si ya no fuerais vosotros, sino otro hombre y otra mujer. Todo lo que habéis construido ahora os parece sólo barro endurecido.

Era lo que pretendíais aquella noche de hace pocos años, resistir. Estabais tan asustados..., la sensación de perderla..., de perderos bajo esas aguas densas..., absorbidos. Esa incertidumbre era el amor. Ese brazo en el agua. Ahora sabes que ella está ahí. Que tú estás ahí. Sois dos cuerpos, sólidos, estancos, detrás de una estela de cosas adquiridas. Que en esta agua caliente, sin embargo, no valen realmente una mierda, no os hacen sentiros más seguros. Ella tiene frío. Y tú le dices *salte si quieres, vete a la habitación*. Ya no tienes miedo a perderla. Metes la cabeza debajo del agua.

¿Dónde está el secreto del amor eterno? ¿Del viaje que se renueva? ¿Es realmente sólo una cuestión de hormonas, de perros que saltan unos encima de los otros?

Dios, cómo hablaba, a su alrededor, la naturaleza. Empezó allí el maleficio.

Gaetano había tropezado con una rama, se hizo daño, se torció el tobillo. Alrededor había turistas, belgas en remojo, cabezas en la oscuridad. Coles de Bruselas. Permanecieron un rato juntos, hasta bromearon un poco.

¿Dónde están los niños? ¿Quién es ese tonto que se revuelve? Reconoces el olor de su aliento, le tienes cariño, pero te molesta un poco.

Delia había salido del agua, se había colgado del teléfono con los niños, la mano mojada, el albornoz abierto.

—*Os paso a papá.*

Gae también quería oírlos, él también sentía nostalgia. Sin los niños, ellos dos ya no eran nada. Dos deficientes puestos a expurgar, dos almejas muertas.

Gae tose, se enciende un cigarrillo.

—Ya no me apetece fumar.

—¿Y por qué sigues entonces?

—Tampoco me apetece dejarlo..., no sé lo que me apetece.

Se mira las manos, el anillo de plata, la pulsera de cuerda africana alrededor de la muñeca..., apaga el cigarrillo, lo aplasta bajo el zapato.

—Yo lo he dejado.

—Tú eres una buena chica.

Ella no es una buena chica. Simplemente, ha hecho trampas, para demostrarse a sí misma que le quedan ganas de vivir. Él le acerca el paquete. Cómo la conoce.

—No. Pues sólo me faltaba volver a fumar..., es lo único bueno que he hecho este año.

Los últimos tiempos, cuando se peleaban, ella se golpeaba a sí misma, la emprendía literalmente a bofetadas consigo misma. Él la miraba, alucinado. Le alejaba las manos del rostro.

—*Déjalo ya, qué coño estás haciendo..., te vas a hacer daño..., déjalo ya...*

Se golpeaba por esa decisión. Por esa familia que había puesto en pie con él, que no valía un pimiento. Por ese amor que no eran capaces de hacer vivir, que se les escurría, el maldito, junto a la lluvia, a la mierda de las palomas en el canalón. Rechinaban los dientes..., esos dientes que él había lamido.

De vez en cuando, alguien los invitaba. Fue ella la que dijo *deberíamos salir más. ¿Por qué estar tan solos?* Pero hasta discutían sólo con la mirada. Volvían de aquellas cenas callados, aislados el uno del otro. Habían visto gente más concreta, gente que ahora follaba o dormía, que no estaba doblada sobre la cama discutiendo.

Y, además, no eran auténticos amigos. Eran parejas de figurantes IKEA. A nadie le importaba su suerte. Si se hubieran franqueado con ellos, habrían sido mero objeto de discusiones póstumas, a puerta cerrada, con el abrigo ya puesto y el ascensor en marcha. Gaetano lo decía:

—*Los amigos se cuelgan de tus hombros y giran sobre la rueda de tu infelicidad, locos de alegría como hámsteres.*

¿Por qué no habían sido más fenomenológicos? Las cosas en sí, como esas parejas fenomenológicas. Como Pier y Lavinia. Hoy nos vamos a comprar zapatos para los niños, el domingo, a comer a casa de tus padres, el viernes, a chutarnos en el multicine una producción de calidad. El jueves no tenemos asistenta, y nos afanaremos entre la harina *(El cartero siempre llama dos veces).* La gente bien organizada consigue hacer cosas increíbles, sostener en pie planos distintos. Abrir varias ventanas en la misma pantalla y no perderse. Sabe que la vida es olvido y arrea lúcidamente con lo que puede.

Pier y Lavinia habían experimentado el intercambio de parejas, por casualidad, en unas vacaciones en la barrera coralina, con dos vecinos de *bungalow* de Grenoble. Llegaron a un acuerdo en francés mientras sus respectivos niños practicaban esnórquel.

Algunas noches, Delia salía sola. *Sus espacios personales,* gilipolleces de ésas. Gaetano le había dicho *de acuerdo,* con el torso desnudo y en zapatillas, comiéndose un yogur, aunque en realidad no entendía por qué debía salir ella con tacones, el pelo perfumado, con esa mierda de Carlotta. Tal vez la peor de sus amigas, una inadaptada. Durante cierta época estaba siempre fija en casa de ellos, sólo hablaba con Delia, desdeñaba a los niños y a él lo miraba como a una suerte de experimento humano.

—Estás completamente torcido...

Una vez le plantó un metro en la cara para medirlo. No había visto nunca proporciones tan alucinantes, se puso a reírse de él con Delia.

Carlotta trabajaba como diseñadora de joyas y Gae no conseguía entender qué tenía que ver una diseñadora de joyas con una bióloga.

Le había regalado esos horribles pendientes de calaveras.

Salía con Carlotta y las calaveras. ¿Adónde iban?

Al cine de arte y ensayo. A ver películas suecas o chinas. Y después a tomar algo a un club de jazz.

Volvía tarde, se quitaba los tacones en cuanto llegaba a casa. Él se quedaba en casa con los niños esas noches. Había empezado ese sistema de turnos de los cojones. Vientos de libertad.

—*¿Has conocido a alguien?*

En realidad, quería decir si le había interesado alguien.

Quizá al final lo único que espera sea eso, que alguien más le eche una mano para mandarlo todo al garete.

Delia los veía pasar, a los jóvenes músicos y a los parroquianos de aquel club, como manchas coloradas de un carnaval alejado de ella.

Carlotta no dejaba de presentarle a fulanos.

—*A lo mejor es la manera de salir de ésta, follar con otro.*

Aquel fin de semana en Londres. Se habían metido en la Tate Modern. Delia se había detenido en esa sala, ante el vídeo de Ana Mendieta desnuda que se rocía de sangre y se deja caer rodando entre las plumas. Gae había contestado al móvil.

¿Es por esa mierda de móvil por lo que se han separado?

Esta noche lo tiene apagado, aunque de vez en cuando se palpa el bolsillo. Es uno de los gestos más temerarios que ha hecho en su vida. El móvil apagado durante tres horas, ni siquiera el sonido suave de los mensajes que entran. Nada, oscuridad total. Como de viaje hacia Plutón.

Ésa es una de las cosas que más le han enfurecido: ¿por qué han eliminado Plutón del sistema solar? El noveno planeta, su preferido, el más distante y solitario, con esa nieve rosa.

Es la única manifestación en la que hubiera participado de buena gana, una de protesta por la expulsión de Plutón, por su degradación a estrella de hielo.

Delia le ha dicho *tú eres uno de esos que les pegarían fuego a Galileo y a Copérnico*. Se lo decía a menudo, que era un reaccionario de mierda, como todos los hombres, en el fondo. Uno clavado en el palo de sus menoscabos.

Esperemos que esta noche aprecie el esfuerzo titánico del móvil apagado, de mi atroz distanciamiento de los SMS, del internet rápido.

En la Tate discutieron por aquello. La chica con el traje de chaqueta y el letrerito plastificado con el nombre de Jasmine le llamó la atención, *please, it's not allowed*. Era la clásica árabe indolente. Él le lanzó una sonrisa y se marcó una segunda llamada, mientras la tal Jasmine se balanceaba hacia otra sala.

Delia seguía allí, sentada sobre un cubo, inmersa en todas las fantasmagorías que aquel vídeo necrófilo debía de haberle suscitado.

Él seguía ajeno a todo, aprovechando para avanzar un poco con el trabajo en el iPhone.

En determinado momento, arremetió de repente contra él.

—*¿Con quién tienes que conectarte?..., ¿con quién? ¿Por qué no respetas las reglas..., el silencio...?*

Él apagó el móvil, boqueando, ya listo para la fuga. Estaba acostumbrado al teatro del absurdo. Estaba realmente cansado de que lo menospreciase.

Delia desvariaba...

—*Ella ha hecho de su cuerpo el campo del arte..., de la violencia...*

Ahí estaba esa foto terrible de Ana inclinada sobre la mesa..., llevaba por título *Untitled (Rape Scene)*. A Gaetano realmente le costaba trabajo resistir.

Delia arrojó contra el suelo el iPhone, quc se abrió, él se agachó para recoger los trozos. Intentó volver a colocar la batería.

Tenía ya aquel apaño, empezó a pensar que ella sospechaba algo.

Delia se puso a chillar en el silencio de la galería. Y eso fue una auténtica señal, el hecho de que su rabia ya no soportara enroscarse sobre sí misma entre las paredes de su casa y buscara una platea más amplia que la absorbiera. Un lugar de gritos subterráneos, de cuerpos ensangrentados.

Gae miró a Mendieta temblorosa en el vídeo y se dio cuenta de lo mucho que se parecía a Delia, el mismo pelo, los mismos labios hinchados y tristes, hasta los pezones. *¿Por qué no se tira ella también desde un rascacielos?* Tenía ganas de telefonear, de conectarse en santa paz, de pasarse la vida en un blog.

—Tú no me aprecias, ¿verdad?

Tiene la frente sudada de un niño que ha corrido. Delia menea la cabeza, suspira.

—Quisiera que mis hijos me apreciaran.

—Lo harán, tenlo por seguro.

—Yo nunca aprecié a mi padre.

—Procura mirar hacia delante.

Gaetano la mira... y Delia siente ese humor que lentamente se espesa, se vuelve pesado y solitario.

—Pensarás que si yo no hubiera sufrido aquello...

Esta noche no tiene ninguna gana de darle crédito. Encoge los brazos.

—Son cosas que hemos sufrido todos, poco más o menos...

—A mí me violaron.

Otra vez con aquella historia, hasta había esbozado un guión. Los abusos sexuales empezaban a ganar audiencia.

—A ti no te violaron.

—Me ponían en el medio, se sacaban la polla...

—Eran críos como tú..., erais todos unos críos.

—No, ya estaban formados.

—No te hicieron nada, Gae, la violencia existe y ya está, y a todos nos toca lidiar con ella.

—Entonces, ¿por qué no dejo de pensar en ello...?

—Piensa en tus hijos, mejor.

—Me meaban encima esos hijos de puta.

Delia asiente. Ya lo sabe. Y no quiere saber nada más de él. De esa cara blanda que ha vuelto ahora desde algún sitio para pedir ayuda.

—Qué sabrás tú. A ti no te han humillado nunca...

—Ya me encargué yo sola de humillarme. ¿De qué estamos hablando, Gaetano? ¿De qué hablamos?

Pero él ha extendido ahora un brazo hacia ella, buscando su mano.

—Sigues estando tan enfadada...

—No, qué va, me da igual.

Delia coge el paquete de la mesa, se enciende un cigarrillo.

—No fue como te imaginas tú..., te has formado un montón de ideas equivocadas...

Gae esboza una pequeña sonrisa mientras dobla la cabeza como penitencia.

Delia arrastra el humo hacia dentro.

—Vete a tomar por culo, anda.

El cumpleaños de Cosmo. La casa está llena de niños, de madres y de canguros que fuman en el rellano de la escalera, la puerta está abierta. Un montón de abrigos sobre la cama, en el suelo un barrizal de patatas pisoteadas, de zumo de naranja derramado. Gae está alegre, le gusta ese ambiente. Nunca han celebrado una auténtica fiesta, cuestan demasiado y Delia se muestra contraria a la orgía de los regalos. Pero Cosmo ha crecido, está en primaria, recibe invitaciones para las fiestas de sus compañeros de clase. Se ha formado una idea precisa de lo que significa una auténtica fiesta con globos, música, animadoras. Pero no ha pedido nada. Es un niño sin grandes expectativas. Prefiere renunciar antes que exponerse a una negativa. Y eso para Gae es un dolor de cojones.

Una noche levantó a Cosmo, le hizo tirar algunas canastas.

—¿Quieres que celebremos una fiesta este año?

Cosmo miró a su madre, sentada en el sofá leyendo.

—Con marionetas, máquina de algodón dulce...

Las chicas animadoras llegaron con tiempo, se cambiaron en el baño, narices rojas, sombreritos lacados. Una con zapatones de Goofy y medias de rayas, la otra con un vestidito de fieltro de vivos colores al estilo de Robin Hood. Se habían esmerado mucho tras una barraca de retales de raso. Gae se entretuvo mirándolas a gatas, con esas manos que revoloteaban de un lado a otro metidas en las marionetas. Quiso probar, metiendo la mano dentro de la princesa Melisendra. Parecía fácil hacerla vivir, pero no lo era en absoluto.

—*Hay que estudiar.*

La chica vestida de Robin Hood seguía un curso de teatro. Era más bien baja y musculosa, con las piernas realmente demasiado fuertes. Se mantenía con ese trabajo, que no era su sueño aunque tampoco un parche, le gustaba.

Delia deambulaba con una bolsa de plástico, no hacía otra cosa más que ir y venir de la cocina para tirar papelajos, vasos usados. Gae le puso en la mano un vino espumoso.

—*No me digas que has comprado bebidas alcohólicas...*

—*Claro, para las mamás.*

Se sonrieron.

—*Bonita fiesta, ¿verdad?*

—*Bonita fiesta, sí.*

Se volvió.

—*¿Cómo nos las apañaremos para recogerlo todo?*

—*¿Y qué más nos da? Ni que fuera complicado...*

Durante unos instantes todo pareció tan fácil, tan intacto.

Fue la vez del juego del tesoro. Gaetano estaba espídico, lo había organizado él. Se había comprado un silbato, coordinaba los equipos. Saltaba sobre los sofás, gritaba para dar instrucciones. Se tomó otro vino espumoso. Sudado como un cerdo. Con el pelo sujeto con una pinza de Delia.

La chica Robin Hood ni siquiera le gustaba especialmente. De haberse visto obligado a elegir, habría preferido a la otra, la mimo con las medias de rayas.

—*Encantada, me llamo Matilde, Mati...*

—*Gaetano, Gae.*

No se vieron solos hasta el final, en el baño, donde ella había ido a lavarse las manos después de los juegos con las acuarelas. Gae tenía que mear. Se pusieron a hablar al lado del lavabo. Gae tenía la copa en la mano y ella tomó un sorbo de aquella copa. Sonrió. Hacía bastante tiempo que nadie le sonreía así, como si quisiera hacerle un regalo. Se había quitado la nariz falsa y debajo tenía una nariz algo alargadilla, pero trunca, operada probablemente. Aquella nariz le gustó, a él le gustaban las mujeres que habían tenido que luchar contra algo. Era el motivo por el que le había gustado Delia. La animadora, por lo demás, nada tenía que ver con su mujer, y eso era un alivio. Una cara regordeta, sin sombras y sin historia. Hablaba a ráfagas, chorradas e invenciones de inteligencia media, sin prestar mucha atención. Como si lo que más le gustara fuera el sonido de la cháchara, de la vida.

En ese momento, pensó en tirársela en el baño. En intentarlo de inmediato. En otros tiempos, lo intentaba siempre con las chicas, sabía cómo hacer el tonto, cómo colocar una pierna entre las piernas y bloquearlas contra la pared con la respiración. Era una idea que le hizo daño por debajo del cinturón, como si de repente se le hubiera despertado esa zona. De mala manera, como después de una anestesia demasiado larga y profunda. Tal vez fuera la situación, el baño, las voces de allá, el paso de los niños lanzados como cohetes por el pasillo. Era la primera vez que pensaba en el sexo con una mujer que no fuera Delia.

—*Con permiso.*

Mati se había escabullido fuera con su trajecito de fieltro y su culo gordo, su nariz operada..., lo había rozado.

Una tarta de locura, con Spiderman encima, en el glaseado. Gae se puso a fotografiar con el móvil la cara de Cosmo delante de aquella tarta. Parecía un resucitado como él. Era una tarde inolvidable en aquel piso insignificante que parecía haberse abierto, despanzurrado. Cosmo y él nunca habían estado tan en sintonía. Había una especie de hilo mágico entre ellos, de esos que Gae buscaba siempre en sus guiones. Nunca lo había visto tan excitado, tan demudado por la incontinencia de las emociones. Podía sentir el corazón de Cosmo temblar y latir de felicidad. Por fin el corazón servía para algo más que para sobrevivir durante todos aquellos días iguales.

Eran velas mágicas, de esas que vuelven a encenderse. Gae había dado muchas vueltas para encontrarlas. Ahora veía esa obra de arte, aquel efecto especial. La llama de las seis velitas que seguía viviendo en los ojos de su hijo se alargaba y acomunaba las esperanzas de aquella familia, que nunca se apagarían. Gae no conseguía encontrar su copa, así que se colgó directamente del cuello verde de la botella de Berlucchi.

Al final, las velitas se apagaron, y Delia las envolvió en una servilleta de papel para conservarlas, manchadas de nata aún. Gae se había puesto a repartir trozos de tarta. Mati había acabado de trabajar y ahora podía relajarse un poco.

—Cada tarde me toca comerme una tarta distinta...

—Menuda suerte.

—Estoy engordando.

La piel de sus brazos era dorada y tersa como la costra de un bizcocho bien horneado. Delia estaba a sus espaldas. Ella también tenía un platito en las manos..., se había acercado un trocito de tarta a la boca sin comérselo realmente, olfateándolo tan sólo, como un gato enfermo.

Después todo terminó, igual que había empezado. Los niños fueron saliendo uno a uno, con los anoraks puestos de cualquier manera, sudados, la tripa llena de bocadillos y porquerías. Algún tardón arrastraba por la casa guirnaldas achacosas.

Las chicas habían recogido sus cosas y se estaban yendo. Gae bajó para ayudarlas, acarreó los altavoces hasta el capó de un viejo Fiat Punto color avellana. Las vio apiñar aquella montaña de bolsas azules de IKEA. Les pagó. Un brazo se asomó como despedida.

Subió de nuevo a casa alegre, por las escaleras, sin usar el ascensor. Echó una mano a Delia recogiendo plásticos sucios, colocando en su sitio los sofás. Más tarde se tumbó al lado de Cosmo, que no conseguía dormir, estaba aún en la centrifugadora de la fiesta.

—*¿Estás contento?*

—*Sí.*

—*¿Te han gustado los regalos?*

—*Sí.*

Cosmo se dio la vuelta. Gae se le acercó y se dio cuenta de que estaba llorando.

—*¿Por qué, Cosmo? ¿Porque se ha acabado la fiesta?*

Cosmo no le contestaba, pero sollozó con más fuerza.

—*Sabes que a mí me pasaba lo mismo de pequeño, después de un día especialmente bonito... me ponía triste, es normal...*

Había poco que decir, poco que prometer.

—*Yo no sé hacer nada, papá..., nada.*

—*Pero ¿qué dices? Tú sabes hacer un montonazo de cosas, si tú eres un genio.*

No había sido capaz de hacer ni uno solo de los juegos con los sacos, se había caído varias veces. No se le daban bien los deportes, el esprín. Se paraba antes de intentarlo, se tropezaba con sus propias piernas. Tal vez, al crecer, se volviera gay. Una vez Delia y él lo comentaron, aunque inmediatamente después pensaron *pero ¿qué estamos diciendo?* Arrepentidos de haberle echado encima ese abrigo. Sus pensamientos, sus temores podrían influir en el comportamiento del niño. No les importaba qué llegara a ser sexualmente, no era eso. Lo único que querían era que no sufriera.

Pero Cosmo no estaba destinado a una vida fácil. Se lo tomaba todo demasiado a pecho, y demasiado dentro. Gae le había apoyado una mano sobre los hombros, en medio. Una mano ancha y firme. Tal vez su hijo fuera un niño homosexual. Él no sabía cuándo empezaba aquel asunto, como una desviación del camino más sencillo. Si es que empezaba, si no es que simplemente estaba ya dentro, como una sensibilidad, un anticipo de dolor.

Cosmo se había quedado dormido, y él regresó al salón.

Delia estaba tumbada en el sofá, con las piernas en alto. Él le tomó un pie y empezó a masajeárselo. Aquella fiesta había dejado detrás una cola que seguía agitándose. Se había gastado un montón de dinero y Cosmo había acabado el día engullendo sollozos. Pero se había sentido feliz, casi otro Cosmo. Y ellos también habían entrevisto una felicidad que se había quedado cojeando en el paladar..., como un sabor que intentas reconocer.

Se echó encima de Delia torpemente. No quería que su familia se rompiera. No quería haber deseado a otra mujer durante unos instantes. Se deslizaron al suelo. Delia dejó que la penetrara por detrás para no mirarlo a la cara. Y a él le pareció bien. Si se hubieran mirado a los ojos, habrían tenido que decirse la verdad.

Gaetano apoyó una mano sobre aquellos hombros realmente delgados y pensó en la espalda de su hijo, poco antes.

Delia alcanzó su minúsculo ápice, el gemido de un hámster. Gae no llegó a correrse. Se quedó así, con aquella erección que no había desaparecido, sin excitación alguna. Se había imaginado su cuerpo y el de su mujer como dos cadáveres en el pavimento, había visto la mano que los silueteaba con la tiza. Había pensado en la animadora, era su mano la que apretaba la tiza. Se lo había visto hacer pocas horas antes en una pizarrita.

—Mira que ponerte a hacer el idiota con ésa...

Delia parecía muerta y ahora hablaba como una muerta que habla.

—¿De quién hablas?

—De la madre de los gemelos.

Gaetano tuvo que pensar un poco antes de acordarse de esa presencia humana. La madre de los gemelos era una notable furcia de treinta y siete años. Una notaria con el tanga debajo de los pantalones blancos y un perfume tan recargado que sólo rozarla era una desgracia. Durante la fiesta, Gae le había llenado la copa. Le había preguntado si la figura del notario existe sólo en Italia o en todos los países del mundo.

—Hacer el idiota en la fiesta de tu hijo.

—Pero ¿qué coño dices?

—Tenemos que separarnos.

—Claro que tenemos que separarnos.
—Tienes que marcharte.
—Me iré.

En cambio, a la mañana siguiente, continuaba todavía allí. Con el pequeño sobre las rodillas con su biberón, la radio encendida. Las gafas de Cosmo aún por limpiar, por colocar a contraluz para ver después si se habían limpiado bien. Delia le había dejado la lista de la compra y hasta un leve roce en el hombro con la mano.

—No compres cosas que no nos hacen falta.
—No.
—Tenemos que economizar un poco.
—Sí. Tienes razón.

Más tarde, estaba ante el ordenador, bastante satisfecho. El porrete a un lado y las ideas revoloteando como mariposas. En determinado momento abrió el cajón, lo vació por el suelo porque lo había invadido el ansia. Y era extraño que lo invadiera el ansia por algo que le importaba tan poco. Al final la encontró, la tarjetita con el payaso impreso. Tecleó el número, a toda pastilla. Matilde contestó como si lo estuviese esperando, sin estupor alguno.

Media hora después estaban follando. Metidos en el coche de ella, en un descampado junto al parque de atracciones de Ponte delle Valli. Ella con los muslos abiertos en el asiento y él, muy cachondo y sin remordimientos, encima. Ella gemía pero no cerraba los ojos. Vigilaba los alrededores, porque en efecto era de día. Él fingió que se preocupaba un poco, *así no te relajas.* Mati le contestó que al contrario, le gustaba un montón esa sensación de alerta, de peligro inminente.

He aquí otra loca, pensó Gae. (Pero ¿qué puedes esperarte de una chica Robin Hood?) En todo caso, no le importaba en absoluto. Después de meses de hielo y hierro, por fin un poco de carne amorosa que lo acogía.

Después bajaron del coche y fueron al parque de atracciones. Los coches de choque estaban tapados con lonas. Se montaron en el gusano loco. No había nadie más. (¿Quién cojones quieres que haya un miércoles de enero en un gusano loco cubierto de aguanieve?) Gaetano la dejó hablar un rato. Venía de Trento, tenía ese acento de allí, de montaña. Era madrugadora, tenía un perro al que sacar, después se iba al gimnasio.

—Las actrices, muy a menudo, son indolentes..., se dejan arrastrar por las vidas de los demás, por inedia emotiva...

—Yo no soy una verdadera actriz, vengo de la danza contemporánea..., de la experimentación...

Tú de donde vienes es de las chozas alpinas, de la mantequilla, de los canederli[*]*...,* pensó Gaetano mirándole aquel escote florido bajo un abriguito

* Plato típico de la región del Trentino consistente en una especie de ñoquis hechos de pan y de carne y cocidos en caldo, que recuerdan a los *Knödel* del sur de Alemania. *(N. del T.)*

ligero, irisado. No era antipática. Con cierta costra ya de estupideces romanas, conservaba su semblante de montañesa. Volvieron al coche. Mati, esta vez, se quitó el jersey. Tenía dos tetas consistentes, con leve forma de pera, con pezones transparentes como ojos, que recordaban realmente a una vaca lista para ordeñar. Permanecieron juntos todo el día, comieron en un bar y dieron un breve paseo. Él le dio las gracias, le dio un casto beso en medio de la calle y le restregó el pelo.

Fue a recoger a su hijo a clase de música. Cruzó las calles con aquella manita dentro de la suya. Cosmo llevaba la funda del violín colgada del hombro y él se sintió realmente triste al lado de aquel niño tan diligente. Había cruzado ese umbral. Debería ser una tragedia. Delia y él se juraron que nunca se traicionarían. En cambio, le parecía que no había ocurrido nada importante. Y eso era el dolor, el umbral abatido, traspasado sin remordimiento. Y, con todo, se sentía liberado. De ahora en adelante podría empezar a ser como todos los demás, a vivaquear en la mentira. Golpeó con los nudillos la funda del violín, que ahora le parecía un pequeño sarcófago. Quién sabe si su hijo tendría talento artístico. Quién sabe si sabría apañárselas incluso sin él. Cosmo se giró y le dedicó una sonrisa.

De regreso a casa llevaba ese olor en la cara, en las manos. Permaneció al lado de Delia así, sucio del placer de la otra, hablando de esto y de aquello. Después, de repente, se levantó y se dejó inundar bajo la ducha.

Antes de despedirse, Matilde le dijo *¿volveremos a vernos?* Él negó con la cabeza.

—*No puedo, de verdad, lo siento.*

Ella asintió.

Como es natural, volvieron a verse. Algunas películas en la primera sesión. Por lo demás, encerrados en la habitación de ella, en la casa que compartía con su hermano y un amigo suyo. Su hermano tenía una nariz grande y esponjosa (la verdadera nariz de Matilde probablemente), era chef, practicaba en casa, escuchando a los Massive Attack o a la Callas.

Esa tarde follaron bajo los agudos de *Madama Butterfly*, después fueron a la cocina a comerse las diez pruebas de suflé.

—*¿Tu hermano es gay?*

—*Estuvo en la escuela de hostelería de Trento, después huyó de allí.*

Mati estaba desnuda, con esos ojos suyos de vaca en las tetas que eran ya una razonable costumbre de sus tardes. Se enfervorizó..., empezó a agitar las tetas mientras hablaba y se excitaba.

—*Acabas por ser el hazmerreír de la gente...*

Esa tarde, Gae se percató de que Matilde estaba enamorada de él. Estaba menos alegre y enérgica de lo que demostraba por lo general. Tenía que dejarla. Se había acostumbrado a ella, al olor de aquella casa. No era amor, naturalmente. Sólo esa suerte de disfrute de atenciones, sexuales y maternas, que los hombres de otros tiempos buscaban en los burdeles y los de hoy en las míseras moradas de los transexuales.

Son las mujeres las que te echan.

Se había dejado llevar. Se había puesto a hablarle de su padre, y de los chicos que lo rodeaban en los vestuarios. Mati se conmovió un montonazo. Y para consolarlo le hizo la mejor mamada del mes de febrero.

Le había costado separarse. Por lo general, volvía a casa de buen humor, vacío y lo bastante cansado como para no tocar las pelotas a nadie, para evitar toda discusión insidiosa. Esa tarde se dejó enredar fácilmente por el malhumor de Delia. Tal vez se estuviera dando cuenta de algo.

En efecto, estaba un poco trastornado. Cultivaba los músculos en la barra del dormitorio, escribía de noche, se había oxigenado otra vez la mosca de la barbilla.

La tarde con Mati había dejado residuos en sus venas. En general, se le humedecían sólo las partes bajas, acababa absorto en pequeñas fantasías eróticas en medio de su familia (un mesurado consuelo en la ignominia doméstica). Pero, esa tarde, los residuos lo martilleaban en la cabeza, tenía la polla a rebosar. Estaba enfadado. Como un adolescente con la familia que no lo deja vivir, no le deja libertad para arriesgarse, para estrellarse con el ciclomotor, para emborracharse..., aunque tampoco para crear lazos, para encontrar nuevo amor y nuevo aprecio en el exterior.

Volvía a invadirlo el viejo odio.

Quizá los seres humanos repitan siempre la misma historia que han sufrido. Una familia que los mantenga prisioneros y emparedados bajo losas de amor que se endurecen. Ya nada de aquella época muelle. Sólo pinzas y trampas, plazos y compromisos. Quejas y silencios. Sólo cosas duras, objetos. Sillas y televisiones. La única masa muelle, tus hijos..., esos dos pequeños grillos invertebrados que el mundo encerrará en su malla de hierro.

Esa tarde lo rondaban ideas así. Delia le dijo:

—*Lávate las manos.*

—*Ya me las he lavado.*

Se las colocó debajo de la nariz para que notara el olor a jabón. Ella se apartó. Le recordó a alguien..., una monja de las colonias de Fano que le decía *corriendo a lavarte, so cerdo.*

—*¿De verdad crees que Cosmo podría ser homosexual?*

Empezó así. Cosmo estaba practicando con el violín..., oían aquellas cuerdas arañadas gemir estridentes...

—*Cuando está triste cruza las piernas y se balancea..., como yo hacía de niña.*

—*Yo también cruzo las piernas.*

—*Efectivamente. No es más que un niño delicado.*

—*A lo mejor eres tú la que prefieres que lo sea, que acabe siéndolo...*

Delia lo miró sin moverse, aunque echando la cara hacia atrás.

—*... no quieres dejar de ser la única mujer de su vida.*

Gaetano sonreía, amenazador, inquieto...

—Pero ¿cómo se te ocurren semejantes gilipolleces?

—Quieres ser adorada, que te lleven en brazos cuando nieve, como la madre de Pasolini... Di la verdad, ¿no te gustaría ser la madre de un homosexual de categoría?

Estaba bromeando, pero su expresión era bastante lúgubre..., y Delia miraba esa cara infeliz, en busca de líos...

—Estás proyectando tu carga erótica frustrada sobre tu hijo...

No se habían dado cuenta de que el niño se había asomado a la puerta. Con el arco del violín en la mano.

—¿Y tú? ¡¿Dónde proyectas tu carga erótica?!

Empezó a darle golpes con aquel trapo mojado, en los brazos, en la cara. El vino le había caído entre los dedos, goteando por el suelo. Gae se volvió hacia Cosmo.

—Estamos jugando..., es el juego de los trapos...

Quizá también los viejos de la otra mesa están discutiendo ahora. Ella parece reprender al hombre, apuntándole con el índice tembloroso..., que debería parecer amenazador pero que quizá sea únicamente una petición de ayuda. El viejo menea la cabeza, tenazmente. A fin de cuentas, parece bastante divertido. Debe de ser una costumbre amorosa dejarse derrotar por el vigor de su mujer.

—Eres incapaz de perdonarme, ¿verdad?

—Cómo pudiste hacer una cosa así... delante de los niños...

—Ocurrió sólo esa vez.

—Cállate, por lo menos.

Gaetano baja la mirada. Los detalles le caen encima como flashes desagradables. Se habían metido en ese parque, Mati y él, Cosmo y Nico saltaban en la casita de madera. Y él se dijo *imagínate si fueran nuestros hijos, si yo aún tuviera tantas ganas de follarme a la madre de mis hijos.*

Mati estaba realmente mona con su gorro de lana rizada. La cara parecía el hocico de una ardilla, una de esas que se acercan mucho a las personas en los parques. Ella lo esperaba allí, sentada en un banco, con un libro en la mano. Lo hacían así para no llamar mucho la atención. Fingían encontrarse por casualidad y charlaban un rato mientras los niños jugaban. Él se sentaba en el mismo banco, a cierta distancia. Era una situación de lo más inocente y excitante. Gaetano le decía las peores guarrerías y Matilde aguantaba el tirón muy digna, mirando los árboles que tenía delante. Esa distancia en el banco podía llenarse de todo, de pornografía como también de muchas anónimas ocurrencias.

Aquella tarde ella hablaba de lo que haría desde ese momento hasta la noche. Iba a estudiar, a depilarse, haría unas compras en el supermercado. Como toda pareja clandestina, sufrían por la falta de una cotidianidad tonta, ordinaria. La idea de la cara de Matilde entre los estantes de un supermercado era excitante y triste al mismo tiempo. No pudo resistirse. Alargó el brazo en el banco, le tomó la mano y la atrajo hacia él. Se besaron. Un beso fresco, infinito.

No se preocupó por nadie, ni por las mamás que lo conocían y que a esas horas pasaban por aquel parque delante del colegio ni tampoco por sus hijos. Sentía nostalgia por todo y su grito le pareció más fuerte y necesario que todo. Quizá pretendiera sencillamente que lo descubriesen. Hay un momento en el que deseas que te descubran.

Cuando volvió a abrir los ojos, Nico le estaba poniendo una piedra sobre las rodillas. Lo estaba mirando muy de cerca, no parecía turbado, únicamente curioso, como un pequeño entomólogo.

Sólo más tarde, de regreso hacia casa, empujando el triciclo de Nico bajo la lluvia por aquellas porciones de carril bici interrumpidas por semáforos que se asomaban como ojos conmovidos, se dio cuenta de la gilipollez que había hecho.

Se anduvo con muchos rodeos, mientras desnudaba a los niños y los metía en la bañera, en la espuma azul de una de esas pelotas mágicas llenas de lentejuelas, les dijo un par de cosas divertidas sobre Matilde..., que era una animadora, que siempre estaba gastando bromas a montones, que siempre estaba jugando, besaba a las personas, de modo que lo había besado a él también, pero a él no le había gustado nada. Se lavó los dientes delante de los niños para demostrar que ese beso no le gustaba, no le apetecía guardárselo, tenía miedo a los resfriados.

—*¡Puaj! Qué asco...*

Los niños se rieron con él.

—*Tiene que ser un secreto de los tres... Mamá me regañaría, con el miedo que le dan los resfriados..., prometédmelo.*

Se lo prometieron. Gaetano se los llevó de allí en brazos embutidos en los albornoces. Los sentó en el sofá, les dio la cena delante de la televisión, como sólo hacía en las grandes ocasiones, cuando tenían fiebre. Eran sus hijos y esa noche los adoraba, se sentía seguro sentado entre ellos. Delia volvió tarde como todos los miércoles, por el curso sobre las flores de Bach, lo felicitó por el silencio, por la casa recogida.

—*¿Has podido apañártelas?*

—*Sí, me las he apañado perfectamente, están dormidos.*

Llevaba su impermeable negro ajustado a la cintura, el pelo liso, pegado a la cabeza por la humedad de la calle, de la noche. Aún eran increíblemente jóvenes, aún estaban a tiempo para no dejarse arrollar por la fealdad del mundo, para derrotar a las traiciones. Delia se le acercó, le levantó la camiseta. Le restregó por dentro las manos gélidas a causa del ciclomotor. Él se encorvó sacudido por los escalofríos. Se rieron.

Más tarde, sobre la almohada, Gae lloraba en la oscuridad. A la mañana siguiente llamaría a Matilde, se verían en el bar de siempre y la dejaría. Estaba realmente conmovido por sus buenas intenciones. Se sentía a salvo.

Pero la noche es la noche y el día es el día. Delia, a la mañana siguiente, tenía en la boca el tono de siempre, sus habituales gestos de ordinaria brutalidad hacia él. Le había venido la regla y cojeaba de dolor, como siempre. En el ascensor los niños se habían peleado por quién debía apretar el botón, había subido y bajado, con paradas bruscas. Una familia rehén de las tropelías de un mocoso de tres años.

Matilde estaba muy tranquila aquella mañana. Ya había salido a correr y ahora le había entrado hambre. La espuma del capuchino en aquella boca mullida, el pelo mojado por la ducha que le goteaba bajo el gorro. Él estuvo mascullándole un rato sus problemas familiares, del trabajo artístico, de hombre joven de hoy en la mugrienta y hostil sociedad de hoy. Acabó lo suficientemente entristecido como para justificar el consuelo que no tardaría en llegar.

Follar por la mañana, antes de impactar con la jornada laboral, ofrecía ventajas tangibles. Se sentía descargado, pero seguía notando dentro buenas dosis de energía para enfrentarse a la carga de la beligerancia deprimida en las reuniones de guionistas. La polla en perfecta armonía con la cabeza. Destellos de genio liberado.

Mati era tan dócil. ¿Por qué debería renunciar a ella, después de todo? Se sentía muy a gustito en aquel periodo. El productor del episodio piloto lo trataba como al oráculo de Delfos. ¿Qué pasaba? ¿Marzo?

Delia lo había azotado, le había hecho daño con aquel trapo húmedo. Después se sentaron en la cocina. Gae con esas marcas rojas en el cuello, en los brazos. Los niños dormían. Nico tenía catarro en los bronquios y desde su habitación les llegaba esa respiración jadeante que les ponía nerviosos, que les dejaba en suspenso. Era él quien había largado sobre Matilde, sobre ese beso.

—*Iba a contártelo.*

—*Pero no me lo has contado. Cómo eres capaz de follarte a otra..., con la misma polla...*

Gaetano pensó en el libro Guinness de los récords, se preguntó *¿existirá un hombre con una doble polla, la de la familia y la de uso externo?*

—*¿Estás enamorado?*

Movió la cabeza con la incertidumbre de sí mismo, de sus sentimientos. Creía que debía sentirse triste. En cambio, le costaba trabajo mantener a raya aquel marasmo y aquel calor interior que lo envolvía. Se sentía liberado y feliz. Ella no lo miraba, pero Gaetano sentía que todos sus ojos interiores estaban clavados en él. Por fin estaba en el centro de la atención. Era una velada de vida plena, de vigorosa ruptura, de equilibrios hipócritas que saltaban por los aires.

Al principio de conocerse, una noche él la interrogó sobre sus relaciones previas. Empezó casi en broma, como provocándola, después fue volviéndose cada vez más desagradable y descarado. Delia intentó sustraerse a aquel proceso nocturno. Nada de lo que había ocurrido antes contaba ya. Gaetano parecía tan despreocupado y carente de residuos, y de repente le salían aquellos celos retroactivos, voraces y ciegos como el apetito de un ogro. Delia se sometió a aquella caza en la oscuridad. Balbució y lloró colgada de su verdugo. El cazafantasmas se restregaba contra ella, retorciéndose. La voz algo ronca que afilaba las palabras y las exigencias de detalles cada vez más humillantes. Al alba, Delia se liberó.

Él se puso de rodillas, desnudo, para pedirle perdón.

—*Lo que ocurre es que tengo miedo de que puedas traicionarme...*

Delia le dio una patadita.

—*Habla por ti.*

—*Yo no te traicionaré jamás.*

—*¿Lo juras?*

—*Antes me corto la polla.*

Ha llegado la cuenta. Delia acerca la mano a la vela, pasa un dedo por la llama. Debería pensar en el futuro.

—¿Cuándo empezamos a dejar de amarnos?

—No lo sé.

—Teníamos un montón de amigos.

—Sí.

—Tú arrastrabas a un montón de gente extraña..., hablabas con todo el mundo.

—Después empecé a hablar con la gente por razones de trabajo.

—Y desarrollaste ese lenguaje...

—Profesional.

—Profesional, eso.

—Yo ofrecía algo de beber a aquella gente..., algunos hasta dormían en casa, ¿te acuerdas?

—Dormíamos a pierna suelta con desconocidos en el salón, sobre el sofá, en la bañera...

—Perseguíamos un montón de cosas inútiles..., nos dejábamos camelar por todo.

—Qué buenos tiempos...

Ahora sonríen, brevemente, pero sonríen. Miran a los dos ancianos, que están brindando, han hecho las paces ellos también.

—Porque no hemos tenido fuerzas para esperar..., quizá estuviéramos a un paso.

—¿De qué?

—De conseguirlo...

—No estábamos a un paso. Estábamos demasiado lejos.

Delia está de nuevo quieta en el umbral. Tiene la impresión de no haber dado ni un pequeño paso adelante siquiera. Toca la cera blanda, invitadora y repugnante, como ella misma ante Gaetano, como toda vida ante sí misma.

—Me pongo nerviosa con los niños, los adoro y me muestro tan intolerante..., quisiera no tenerlos, sacarlos de una caja como fotografías sólo cuando noto su ausencia...

—Eres la mejor madre del mundo... Si yo hubiera tenido una madre como tú..., habría aprendido a amar a las mujeres, a no hacerlas sufrir...

—Eres un lameculos de tres al cuarto.

—Ya lo sé.

Coge la hojita amarilla de la cuenta.

—No es cierto, tú sabes amar a las mujeres.

—Me he equivocado en todo.

—Conmigo. Te has equivocado conmigo.

Gaetano mira las sombras de la noche, de la vida, que se alargan en el escote, en el pecho pequeño y en otros tiempos tan amado de su ex mujer.

—No le he dicho nunca a ninguna otra *te amo...*

—Ya vale.

En efecto, una vez lo dijo. Era una de esas noches que parecían agujeros solitarios y Matilde se había sometido indescriptiblemente a él. La premió con esas dos palabritas, *te amo.*

—¿Sales con alguien?

Delia se recompone, se aprieta un trozo de mejilla entre los dientes.

—¿Hay alguien?

—Vámonos a casa.

—Venga, dímelo...

—¿Qué es lo que quieres, Gaetano?

—Nada, no quiero nada.

Se ha conmovido. Por suerte, no se ve mucho en esa penumbra. Está pensando en el sabor de ella. Hay cosas... Podrá hacer muchas cosas, pero no lamerá nunca más a una mujer así, como un perro que cura. Le gustaría arrodillarse en esa acera, abrirle las blancas piernas y lamerla delante de todos. Se llevaría un aplauso. De ella no, ella la emprendería a patadas.

Si él no fuera un figurante de su época. Si no hubiera tenido ese chaquetón Harley-Davidson y todo lo demás..., tal vez habría tenido una tensión moral distinta. No se habría dejado agostar antes de tiempo, aferrado a modelos que pasan, como carteles de películas.

Cuando iba a los rodajes a reunirse con los directores, a escuchar cómo las actrices se metían en la boca sus diálogos divinos, con las horquillas en la cabeza, las caras acarameladas por el maquillaje, al cabo de un rato se le hinchaban las pelotas.

Aquel mundo falso, aquella leonera urbana. El microfonista con su grúa acolchada, afanándose por capturar susurros. Los uniformes de la sección de fotografía, peores que los marines en Afganistán. La cara del director, la de alguien que ha desafiado a Dios a un duelo. Ni siquiera las actrices le gustaban, nerviosas y físicamente decepcionantes, hechizadas por los trozos de cinta adhesiva orientados hacia la cámara para los primeros planos.

Le gustaban las ayudantes de las sastras, con sus cepillos para la pelusa metidos en el bolsillo de sus vaqueros. De vez en cuando hacía que le cepillaran la chaqueta. Soltaba los auriculares, salía de la tienda del montaje, se marchaba a orinar la cerveza que se había bebido detrás del camión del grupo electrógeno.

Le gustaban las retaguardias, los extras, esos rebaños de cuarenta euros por cráneo que padecían frío y sed, que se ganaban los desahogos del ayudante de dirección frustrado, a perdigonadas por el altavoz: *¡No te pares! ¿Adónde miras? ¡No mires a la cámara!*

Gae miraba a esa gente que se ventilaba la merienda en los muretes, se llevaba el bocadillo en el plástico, la manzana a casa. Él estaba ahora un buen escalón por encima, formaba parte de la sección de ideas. Se sentaba al lado de un viejo con el pelo teñido, daba carrete a esas rapaces muertas de hambre. Escuchaba sus desahogos de almas modestas. Le gustaban esas personas ingenuas, ajenas a todo. Ninguno de ellos le decía nada del guión, de la escena que había que rodar. Ni siquiera sabían quién era el director. Convocados al alba como braceros clandestinos. *Tú sí, tú no.* Lo único que querían era enseñar sus quincallerías, sus caras vivaces y pedigüeñas.

Él también se sentía así. Sentado sobre un murete, sin guión. No sabía si su mujer lo echaría de casa esa noche, si su amante le lamería el culo antes de una hora, si esa tarde su hijo tenía violín o waterpolo. Deambulaba lleno de esperanzas como un figurante, en plena crisis económica, sonriendo a todo el mundo. En espera de entrar en un plano memorable.

—Abre, mamá...

Pasaba por casa de Serena. Se fumaban un porro juntos.

Después, se ponía mustio. *¿De quién es esta casa? ¿Quién es esta mujer tan vieja?* Y veía el agua aquella. Los ojos de alguien que nunca le exigiría la verdad. Sus *¿qué tal estás?* contenían ya las respuestas, *dime que estás bien, no me digas nada distinto, porque soy incapaz de estar a tu lado, de verte sufrir.* Una niña, una vieja flor crecida.

Cuando has tenido una casa con una mujer no puedes volver a la de tu madre, te parece rancia. Sólo puedes quedarte allí un rato. El tiempo necesario para notar que es tiempo de irse. ¿Dónde estaba su zona?

Pasaba por casa de su amigo Alessio. Uno de los históricos, de los años tempranos. Tampoco allí duraba mucho, la euforia de la solidaridad masculina. Y aquel perro, aquel pitbull, tan gilipollas como Alessio. Monitor de gimnasio, uno de los que rellenan fichas y marcan las series para los bíceps y las del culo para las chicas. Hablaban de viejos asuntos, de viejos coñazos. Jugaban un rato a la PlayStation. El fregadero estaba lleno de platos sucios, y el perro aquel de los cojones, tan grande como ese cuchitril de casa, te babeaba encima con su lengua caliente.

Los amigos del cine no eran amigos de verdad. No tenía ganas de abrirse con ellos. Les cuentas una gilipollez y al día siguiente es una ocurrencia en un guión.

Los demás estaban todos casados, naturalmente. Y él, desde luego, no tenía la menor intención de entrometerse en situaciones domésticas, de coger en brazos a un niño que no fuera suyo. Le entraban ganas de vomitar sólo con pensarlo.

Una tarde vomitó.

—*Me estoy volviendo anoréxico.*

Fue la tarde en la que Delia lo echó de casa.

A finales de abril se había mudado a ese apartotel de Viale Somalia. Confiaba en no tener que estar allí mucho, estaba convencido de que ella iría a buscarlo. En cambio, le llegó la carta del abogado.

Un martes por la tarde, Matilde volvía de una de sus fiestas y aún le quedaba un poco de maquillaje, olía a acuarelas y a pegamento, pero no estaba muy alegre. Cumplieron con su deber sexual y se metieron en ese supermercado.

Los estantes eran los habituales. La habitual teoría triste de los colores y las cajas. En general, le gustaba bastante pescar. Desde que vivía en el apartotel, se había vuelto muy hábil en hacer la compra, destellos de creatividad lo empujaban hacia la sección de congelados.

Ahora que Matilde y él podían pasarse horas en el supermercado, había descubierto que no le gustaba hacer la compra con ella. Era tan instintiva y promiscua sexualmente cuanto puntillosa y dubitativa ante las etiquetas de los alimentos. Con Delia resultaba todo mucho más natural. Se repartían las secciones, para acabar lo antes posible.

En el supermercado siempre estaban de acuerdo. Llegaban muertos de cansancio, no discutían por nada. Miraban la cola de la caja.

—Ponte tú, mientras yo pillo el vino, los pistachos.

Echaba de menos esa cara, blanca e inocente y llena de pensamientos que pasaban y que él reconocía mientras pasaban.

Si ella estuviera en la caja ahora, iría a su encuentro. La tomaría de la mano. Sería una tarde más de sus vidas. Una humilde tarde de sus estúpidas vidas. Volverían a casa, prepararían la pasta para sus hijos, les pelarían la fruta.

Matilde estaba allí, entre la pasta de dientes y los acondicionadores.

Nota otra vez esa sensación de querer ser engullido. Por sus errores. Por sus hijos. No deberían haberle permitido ser su padre. Por las ocasiones fallidas, acaso sólo por distracción. Porque tenía la cabeza girada hacia otro lado mientras pasaba el tren. Quién sabe cuántas estaciones habrá todavía. Algo ha aprendido esta noche.

—¿Dónde vas a hacer la compra?

—Al sitio de siempre.

—Por la tarde, como solías...

—Por la tarde, sí.

—¿Te importaría que fuera con vosotros alguna vez...?

—¿Para qué?

—Para ayudarte con el agua..., para estar allí.

Delia lo mira a los ojos, estratos de lagos.

—Gaetano, no puedes volver a casa...

—Ya lo sé.

—No tienes ganas...

—Tengo unas ganas desesperadas de estar con vosotros.

—Volverías a empezar... Todo volvería a empezar. Sólo tienes que adaptarte un poco..., resistir. Te olvidarás de ti en aquella casa...

—Nos hemos hecho daño, ¿por qué?

—No lo sé.

—¿Cuál es el remedio?

—Tienes a esa chica...

—Ya no nos vemos.

Se acercó a Matilde en aquel supermercado. Seguía allí con aquella cara que de repente le había parecido hinchada y estúpida, fermentada junto a todas las ideas equivocadas que se estaba formando sobre ellos dos.

Media hora antes le había dicho que le gustaría tener un hijo con él. Lo dijo sin más, por decir algo. Pero se quedó mirándolo con una expresión extraña..., la misma que ponía cuando introducía la mano en la marioneta de Melisendra. Estaban desnudos. Él se apresuró a vestirse.

—*No se te ocurra volver a decir una gilipollez semejante.*

—*Estaba de broma...*

—*Yo ya tengo hijos y no tengo intención de tener más.*

—*A lo mejor dentro de diez años...*

—*Dentro de diez años, no estoy seguro de seguir vivo pero de lo que estoy seguro es de que no tendré más hijos.*

—*No te lo tomes tan a la tremenda...*

—*He abandonado a mis hijos..., tú no sabes lo que significa eso.*

Le tiró una camiseta para que se tapara ese cuerpo, esos pechos con esos ojos alicaídos que lo miraban. Estaba sentada en la cama, ligeramente encorvada..., la misma posición de Delia cuando parió. No se le quitaría nunca de los ojos.

Mati sonrió, se puso la camiseta.

—*Gracias..., empezaba a tener frío, en efecto.*

No parecía ofendida. Siguió acariciándole la espalda. No se enfadaba nunca, ni siquiera cuando se enfadaba. Volvía en seguida sobre sus pasos. No tenía gran consideración por sí misma. Una de esas personas con las que es imposible discutir. De las que nunca llegan a colisionar con las energías descontroladas de los demás, se apartan un instante antes o bien se dejan incinerar sin perder la sonrisa. Se parecía a su madre, a Serena.

La plantó en aquel supermercado, sola, con el frasco de champú cuya etiqueta estaba leyendo.

—*¿No vamos a cenar juntos?*

—*No.*

—*Te llamaré mañana.*

No contestó a sus mensajes. Tenía que estar solo. Nunca había estado solo. Tenía que revolcarse y levantarse él solo.

Una noche vio el Fiat Punto color avellana aparcado entre otros coches en Viale Somalia. Siguió derecho. Sabía que estaba allí dentro, sumergida entre sus bolsas de IKEA con sus vestidos de actriz fracasada. Le había dado pena. Sabía que lo hacía, cuando él estaba todavía casado, *me basta con saber que estás a pocos metros. Dormir cerca de ti.*

—Fuiste tú la que me llevó a hacerlo...

Delia se ríe ahora con ganas.

—¿De modo que ha sido culpa mía? Genial.

Desenvaina esa dentadura de portada. Y a Gae le entran ganas de darle un puñetazo, de partirle la boca. La verdadera traición fue la suya.

—Con lo que me gustaban tus dientes.

—Cállate, no sigas...

—¿Por qué tuviste que curarte esa mierda de dientes?

El dentista de Viale Regina Margherita. Un amigo de su padre, anciano, escrupuloso. Delia aparca el coche y sube. Su única preocupación es que le pongan una multa. Mientras espera y hojea un viejo ejemplar de una revista, mientras entra y el dentista le sonríe. Las multas son duras e injustas, la sumen en el desaliento. Abre la boca, deja que entren esas manos. Salía en barca con su padre ese dentista, eran compañeros de universidad en Nápoles. Le cuenta anécdotas de aquellos tiempos mientras excava en su interior. Delia asiente con los ojos. Él le mete la cánula para aspirar. Ella nota el olor del aliento del dentista y piensa en el de su padre. Aquella cueva de familia.

Lo decidió una noche. De repente, aquel pequeño defecto la irritaba. Habían ido al cine, había visto sonreír a Julia Roberts, con esa dentadura plena y perfecta.

Poder reírse así, se dijo. Ella no se reía nunca completamente. Había desarrollado su propia manera, con el labio superior siempre ligeramente pegado a las encías, o bien con una mano delante. A Gaetano le gustaba esa manera. Esa puerta tímida. Esa boca que nunca se abría del todo.

A ella le molesta sentir esas puntas con la lengua.

Ese defecto, de repente, le parece inaceptable. Se restriega la lengua por los dientes, se los mira desde abajo con el espejito del colorete.

Ha parido dos veces. Su cuerpo ha vuelto a ser enjuto, sólo que con más fuerza y más profundidad, después de esas travesías entre los huesos y los tejidos húmedos. Se tropieza consigo misma en los escaparates de la ciudad, desencajada. Ha abandonado la juventud y no ha encontrado aún nada definitivo. Ha alcanzado un nuevo estadio, ha asumido la responsabilidad del amor. Querría ser lo que parece ante sus pacientes con trastornos alimenticios. Una persona tranquilizadora, capaz de suscitar en los demás la atención hacia sí mismos. En cambio, llora por esos dientes.

—¿Sabes lo que voy a hacer? Arreglarme los dientes.

Estaban en la cocina, enzarzados con los cereales con chocolate. Era domingo.

—¿Por qué?

—Noto el calor, el frío... Antes o después tendré que hacerlo.

Gae asintió. Le parecía una estupidez tener que pasarse tantas horas en el dentista por una imperfección modesta. Él abría la boca ante el enemigo sólo en casos extremos.

—Nos costará un montón de dinero.

Volvió con un presupuesto realmente ajustado y empezó con las sesiones semanales.

Se tumba en la consulta y al cabo de un rato se olvida de todo lo demás bajo esa luz de quirófano. Tal vez sea el calor artificial, como en los criaderos de pollos. Casi está por extender los brazos y abrazar a ese hombre de pelo cano que le cura los dientes, las cicatrices de la adolescencia.

Podía haber elegido un dentista más de vanguardia, de su generación, de esos que han estudiado en Estados Unidos. En cambio, ha acudido a ese dentista anciano. La mano firme de un artesano experimentado, la mascarilla vieja que recuerda a la de un herrero.

Dice que le da pena tener que reducir esos dientes buenos a muñones, pero que es la única manera de poder engarzarle las coronas. No le pone el delantal de plomo cuando le hace las radiografías.

Se sentía feliz, al final, con esos dientes todos iguales, la lengua corría. Ahora volvería a correr lo demás también. Fueron a cenar al mexicano. Se rió como Julia Roberts y más incluso. Abría de par en par la boca ante los extraños.

Gae medio le montó una escena más tarde, por la calle. Delia había golpeado con los vasitos de tequila en el mostrador, le había dado un beso a uno, a un metalero, como prenda. También su vestuario era extraño, una chaqueta de domadora sobre un vestidito de lamé.

—*¿Cuándo te has comprado todo eso?*

—*¿No te gusta?*

—*Bah, resulta extraño.*

—*Han vuelto a ponerse de moda los ochenta.*

—*Los años ochenta dan asco.*

Cuando volvieron a casa, ella se tambaleaba sobre las botas, así que se las quitó y las tiró por ahí.

Llevaba medias negras, era un bonito espectáculo. Los celos lo habían acelerado violentamente.

—So puta...

La aferró del pelo por detrás, se cayeron al suelo. Los niños no estaban en casa, la abuela, gracias a Dios, se los había llevado. Por una noche podrían gritar como cerdos, montárselo por los suelos, donde mejor les pareciera.

—¿Me traicionarás alguna vez? So puta...

—Quién sabe...

Le metió la lengua en la boca, le notó aquellos dientes lisos de porcelana blanca. *Todo ha acabado.*

A la mañana siguiente hacía una mañana maravillosa, calma total y calles relucientes como el mar. Aquel majestuoso polvo los había reunido de nuevo. Salieron a caminar, fueron a recoger a los niños, y eran dos chiquillos, habían vuelto a serlo. Sin dormir en absoluto. Los vaqueros y los jerséis de los domingos. Desayunaron en el bar, ellos dos solos, como en los viejos tiempos.

E incluso después, cuando recuperaron a los niños y los impulsaban en los columpios, siguieron estando vivos, muy pegados.

Esa tarde, Delia vomitó.

No estaban pensando desde luego en otro hijo, ya con dos apenas pueden. Sin embargo. Siempre es hermoso temblar por algo así. Él le pasó la mano por la tripa.

—Ya estamos otra vez. Coño, menudo follón.

—¿Cómo nos las apañaremos?

—No lo pienses ahora. Ya lo pensaremos.

Lo lógico era sentirse desesperados, pero la fertilidad regalaba el viejo escalofrío del fulgor. Instalar el nido en tu propia mujer. Por más que digan que el mundo no va a ninguna parte.

A Delia se le había puesto esa cara de madre. La que le salía en seguida, incierta, transparente.

El paquete regalo se remontaba a algunas semanas atrás, obviamente. Uno de esos encuentros de rutina en la cama, en medio del habitual fuego graneado de los niños, Nico y su respiración ronca, Cosmo, que es sonámbulo y aparece como un fantasma. Follar el martes, validar el billete del viaje conyugal.

En el corazón de la noche, Delia se incorporó en la cama.

—Me han hecho un montón de radiografías...

Encendió de repente la luz.

—¿Qué radiografías?

—En el dentista.

—¿Y qué tiene que ver?, los dientes están en lo alto... Sigamos durmiendo.

Por el contrario, era un follón considerable. Estuvo un buen rato pegada al teléfono con el dentista.

—¿Por qué no me dijiste que estabas embarazada?

—No lo sabía...

Se pusieron a contar hacia atrás los días, intentando comprender. Ella se miraba ahora los dientes en el espejo, alucinada como un conejo fulminado.

Tomaron la decisión de inmediato, era inútil esperar. Estaban ya en vilo. El riesgo era enorme, malformaciones, cosas graves. El incidente los libraba de la decisión. Podían considerarse absueltos. Todos les aconsejaban la interrupción. El viejo dentista había abierto los brazos, *qué puedo decirte.*

Delia le había dado las gracias. Sin embargo, de regreso en ciclomotor, aturdida por los pensamientos, había sentido un odio indescriptible hacia ese viejo promiscuo a quien le costaba esfuerzo incluso ponerse guantes de látex. Pensaba en su padre, en aquella tarde, en aquel bar de Amalfi. En ese cuerpo tumbado por los suelos entre las gaviotas. Se había quitado la bata, había salido de su consulta sólo para palmarla.

Abandonó su cara de madre. Se volvió vigilante, inmersa en las cosas con precisión dirigida.

Espiaba a Gaetano para ver si en algún rincón estaba triste o sólo aliviado. Parecía impasible. Bromeaba con los niños, tenía alta la moral. Delia recuerda aquella sucia vigilia. En la que nadie hablaba de aquello.

Así sucedió. Sin tropiezos, sin hospitalización. Como en la pantalla del ordenador, desplazar el archivo a la papelera. Por la tarde ya estaba en casa, con los pies sobre el sofá, en la misma posición de la tarde precedente. Era octubre.

El viejo de la mesa de al lado se parece al dentista, tiene su mismo pelo cano, evanescente. Delia lo lleva mirando desde que se ha sentado, y ahora entiende por qué sus ojos vuelven una y otra vez a chocar contra esos hombros erguidos y titubeantes. Es únicamente una sombra..., la sombra de un pensamiento que vive dentro de ella, que se hunde junto a todo lo demás.

—Paga, así podremos irnos.

Mira a su alrededor en esa noche de principios de verano, que ahora le parece realmente la peor. Suspendida en el umbral del sol, del calor que vendrá. Los bocadillos, los centros veraniegos en el parque urbano. Se tambalearán en la casa sofocante, en calzoncillos. Derramarán un zumo de frutas en el sofá.

Ahora Gae está pensando en sus hijos. Más ahora que antes. Piensa que se pasan los días solos, desplazados para crecer en cualquier otra parte, en los zaguanes, en los bloques de cemento. Piensa en Cosmo sentado sobre una piedra, que hurga con un palito en la grava. Quisiera reunirse con él, sentarse a su lado. Olfatearlo y morderlo como se hace con la merienda. *No debes crecer como yo, sin aprecio por ti mismo.*

Sería el tiempo mejor empleado. En vez de este desperdicio. Tendrían que tumbarse todos juntos en la cama y quedarse allí, no hacer ya nada más. Debería decírselo a toda familia que pasa, que pase por aquel parque. Tan miserable y frágil como la suya. El domingo lo hacían de vez en cuando. Se quedaban en la cama todos juntos bajo las mismas sábanas. Tal vez fuera ése el paraíso. El tiempo eterno.

—No estuviste a mi lado.

—Parecías no querer nada..., de mí por lo menos.

Tal vez supiera que estaba embarazada, en alguna parte dentro de ella lo sentía. Fue a curarse esos dientes como una desgraciada.

La psique, como un mar cerrado, realiza sus viajes interiores. Propone siempre nuevas soluciones, para salvaguardar tus engaños.

Fue a abortar con su chaquetón de pana forrado, el mismo que se ponía por las noches cuando bajaba a tirar la basura.

—No querías otro hijo...

—Ya lo sé.

Si se hubieran abrazado y hubiesen llorado juntos, una noche por lo menos, aunque fuera un rato tan sólo. *Gae, abrázame, sujetémonos. Encerrémonos en la oscuridad un momento, celebremos un funeral pequeño, por este luto que nadie conocerá nunca, que no cuenta una mierda.*

—Y después empezaste a irte...

Primero a Milán. Después a Düsseldorf para una serie policiaca, uno de esos comisarios al límite de lo paranormal. ¿Era por esos cuatro episodios de sesión nocturna por lo que se había jodido su matrimonio?

—Hablábamos por teléfono...

—Estabas siempre tan esquivo.

Al llegar la noche, se sentía un vagón de tranvía vacío, uno que ha acarreado arriba y abajo paquetes de anónima humanidad. También a los niños se los quitaba de encima a toda prisa. *A la cama, venga, a dormir.*

Se lanzaba a esa cervecería. Olor a parrilla, a chucrut. Se atiborraba, plegaba en la cartera los tiques para el reembolso. Se pasaba horas en Skype con Matilde. Ella se quitaba el sujetador, le enseñaba las tetas. Ni siquiera regresó durante el fin de semana. Pasó lo del volcán ese islandés de los cojones, el cielo negro, los vuelos anulados.

La había dejado sola, completamente aturdida.

—*Es lo que suelen hacer los hombres* —le decía su amiga Alberta— *ante nuestro sufrimiento. Bajan a sacar al perro, se van al gimnasio.*

Una amiga con demasiados preconceptos ideológicos.

—*Quizá sepan que no son útiles.*

Se rieron ante la cinta trasportadora de los platos japoneses.

Delia lo mira y ahora, por un instante, quisiera apoyar su frente contra la de Gae..., unir sus pensamientos, como hacían en otros tiempos.

—Nunca hemos hablado de ello.

—Estábamos ya metidos en la mierda.

—Esa historia me dejó hecha polvo.

—No hubiera cambiado nada. Seríamos de todas formas una pareja de separados..., y además con una niña con una malformación cardiaca o a la que le faltaba un brazo.

—A lo mejor, en cambio, nos traía suerte.

—La suerte no cae del cielo. La fortuna escoge. Y nosotros no estamos en la lista, Delia.

—Nadie nos ha ayudado.

Están quietos al lado de un derrumbamiento. Siguen espiándose así, como dos que se asoman a un agujero. Con el temor de caer en él. ¿De dónde nació la grieta que ha abierto el terreno en dos? Pueden intentar buscar a su alrededor. Pero no hay un verdadero epicentro. Se miran, se sonríen.

—Quizá sea simplemente que nos hemos cansado...

—Nos hemos deshebrado.

—¿Cuándo nos dimos cuenta de que no lo conseguiríamos?

Y sin embargo prosiguieron durante un buen trecho, haciendo como si nada, siempre hacia delante.

—Tal vez ya aquel día en el colegio de Nico...

Gae lo evoca. Puede sumergirse sin esfuerzo en el recuerdo de aquella mañana. El curso de socorrismo. Había un muñeco..., había que poner una gasa antes de besarlo.

—Yo bombeaba con demasiada fuerza..., no era fácil dar con el ritmo.

—Me di cuenta de que nunca sería capaz de salvar a nadie..., que ninguno de los dos sería capaz.

—En efecto, no era fácil, presionar treinta veces sobre el corazón, y después dos ventilaciones en la boca..., alinear la cabeza para que la lengua no caiga hacia atrás. Pero ¿quién es capaz de hacerlo?

—En Japón son capaces... El cincuenta por ciento de la población sabe hacerlo...

—En Japón. Nosotros somos demasiado emotivos.

Se anima, abre los brazos, ocupa todo el aire con su cuerpo.

—¿Tú te crees que si me encuentro a uno tirado por los suelos en la calle me pongo a hacer todas esas cosas? Como mucho le sujeto la cabeza y rezo...

Fue ella la que insistió, la que puso sus nombres en la hoja de inscripción para esa clase de primeros auxilios.

—*Es por los niños por quienes debemos aprender...*

A él le costó mucho levantarse de la cama.

—*Pero si es sábado, menudo coñazo.*

Se vieron metidos en aquella absurda situación.

Allí están con el resto de los padres, Gaetano tiene su bufanda arrugada, sus ojeras de guionista, es uno de los pocos padres. Casi todo son mujeres.

—*Son más previsoras las mujeres...*

—*Son más ansiosas.*

Primero la teoría, con las imágenes del proyector en el aula a oscuras. Después la práctica, con la luz encendida delante de esos dos muñecotes simuladores, un recién nacido y un busto de niño.

Delia ha escuchado atentamente lo que ha dicho el médico, y ahora lo intenta. Allí están, junto a ese simulador depositado sobre un pupitre. Es un trozo de plástico rosa, pero causa cierta impresión.

—*Lo primero es alejar al niño de la zona de peligro, podría haber nuevos derrumbes...* —dice el médico voluntario.

Hay que acercarse y realizar toda la secuencia. Llamar al niño, *eh, niño,* pellizcarle después detrás del cuello para ver si reacciona. Después, alinearlo, colocar la cabeza en el mismo eje del cuerpo, de manera que la lengua no se eche hacia atrás. Después inclinarse de perfil, con la mejilla casi pegada a la boca y el ojo controlando el pecho, si hay respiración.

Esperemos que la haya, coño.

En caso contrario, hay que proceder a la respiración boca a boca. La estudiante de medicina que se presta para ese curso de salvamento en los colegios es mona, una melenita de pelo negro a lo *garçon,* una cara simpática, no se sabe si buena o mala. Parece salida de una película de Tim Burton, una Blancanieves *dark*. Gaetano la mira y piensa que nunca la elegirían para un papel así en la televisión.

La chica le pasa el trozo de gasa a Delia, el que sirve para los gérmenes, pues quién sabe cuánta gente pega su boca a esos muñecos.

Delia se inclina, abre la boca. Debe ensancharla mucho para abarcar toda la boca del falso niño.

Siente un poco de vergüenza por ensanchar la boca así, por pegarse a ese muñeco delante de los demás padres.

Le parece como si hubiera en todo ello algo obsceno, o triste por lo menos.

Insufla cinco veces, tal como le ha dicho el médico que haga, lentamente. Comprueba que el pecho del simulador se hincha. Suelta la nariz de goma, después vuelta a empezar con las ventilaciones.

Lo hace todo bastante bien, incluso el masaje cardiaco, más tarde. Presiona de forma compacta, sin doblar los brazos.

Después le llegó el turno a uno de los pocos padres presentes. Un hombre vestido de ejecutivo, con su corbata, manchado de lluvia. Había llegado tarde, se había disculpado, venía de la oficina. Delia había respirado el olor a húmedo. El hombre le dio la mano a su mujer, que estaba embarazada, y Delia sintió una punzada en lo más hondo de la tripa. Ya no fue capaz de seguir la clase. Vigilaba a esos dos. Él se mostró de lo más atento. Miraba intensamente a la estudiante, la interrumpió un par de veces con amabilidad, para plantearle preguntas sensatas.

Cuando llegó su turno se acercó al muñeco, concentrándose como si se tratara realmente de una persona, de un niño.

No erró en nada, repitió todas las fases en voz alta, empleando los términos médicos apropiados. Se inclinó, tapó las fosas nasales de goma y bombeó aire con ritmo regular.

Gaetano llevaba ya un rato hasta las pelotas. Se saltó varias cosas, se avergonzaba de repetirlas en voz alta, salía del paso como en el colegio.

Tenía los brazos bastante fuertes, hacía flexiones en casa. Era uno de los pocos allí dentro que podía dar un masaje cardiaco, con eso contaba. La estudiante de medicina le había llamado la atención.

—*Se ha olvidado de alinear la cabeza. Así no pasa el aire.*

—*Bueno, vale...*

Echó hacia atrás la cabeza del simulador, desmañadamente. Pegó los labios a la goma sin problema alguno, insufló con demasiada fuerza. Se rió.

—Así lo desfondo..., le desfondo los pulmones.

Al salir, se metieron en un bar que olía a perro, junto al parque. Estaban cansados, había durado toda la mañana. Hasta habían escenificado la asfixia, tanto del recién nacido como del busto del niño.

—Ha sido interesante.

—Ha sido una pesadilla.

Había aferrado un cruasán, siguió hablando mientras masticaba.

—Todas esas secuencias..., ya no me acuerdo de una mierda...

—Alguno de los dos debe ser capaz de salvar la vida a otro..., a uno de los niños...

—Yo no soy capaz de salvar a nadie. Es mejor que llames a una ambulancia... o que lo llames a él...

El padre con la corbata había entrado en el bar y ahora sonreía, con un brazo sobre los hombros de su mujer. Eran una pareja sencilla, ella no iba maquillada, tenía el pelo recogido con una goma y un par de botas de agua con setitas coloreadas; y él, uno de esos chaquetones impermeables que te imaginas impregnados de sudor y ciudad. Delia los rozó con los ojos, sin detenerse realmente a mirarlos. Él le habló.

—Lo has hecho muy bien.

Delia levantó la mirada, sólo para bajarla de inmediato sobre el mostrador de metal manchado de café.

—Qué va, si no tengo fuerza en los brazos...

Gaetano se dejó allí medio capuchino. Mientras se encendía un cigarrillo fuera del bar hablaba en voz demasiado alta.

—Te gustaba ese coñazo lleno de agua.

—Me parecía una persona seria.

—Un imbécil, un frustrado..., con esa voz de barítono...

—Un padre previsor..., tiene hijos y como es natural quiere estar en condiciones de intervenir.

—Ése se caga encima...

—¿Y tú, en cambio?

—Yo también me cago encima..., pero por lo menos no me doy tantos aires. A ése lo que le hubiera gustado era tirarse a la doctora, te lo digo yo, la miraba mientras chupaba el simulador ese de los cojones...

—Tú siempre con el sexo metido en la cabeza.

—Es en el mundo donde está metido, no en mí. Yo formo parte del mundo.

—Siempre tienes que degradar a las personas, su compromiso.

—Pero de qué compromiso hablas, Delia... ¿Es que ése te parecía comprometido?

—Sí, me parecía comprometido con intentar respetar a la gente..., a sus hijos..., a su mujer.

—Pero ¿te has fijado en su mujer?

—Era mona.

—¿Mona? Candidata al suicidio.

—Pero ¿por qué los demás tienen que ser siempre peores que nosotros? ¿Por qué no se te ocurre pensar que en cambio están mejor que nosotros, que se quieren más..., que conducen sus vidas con más atención hacia los demás?...

—¿Por qué?, ¿es que yo no les presto atención?

—No siempre, no. Casi nunca.

Se había metido huraño en el parquecillo de delante, molesto por el mal tiempo, por los perros que se perseguían. Caminaron un rato intentando evitar las mierdas de los perros. Él se volvió.

—*Tú ya no me quieres.*

Ella intentó salir del paso con alguna respuesta..., mediocre como lo demás. Dar vueltas alrededor de la infelicidad con viejos terrones de azúcar endurecido. Él la señalaba con el dedo. Con la cara sombría, desesperada.

—*Tú ya no eres sincera.*

Delia había empezado a maquillarse en el coche antes de acompañar a Nico al colegio. Se paraba ahí debajo, delante del bar, ponía los cuatro intermitentes, se pasaba el colorete por las mejillas blancas.

Había empezado a pensar en ese hombre, en el marido de otra. Más fea, más descuidada que ella, pero acaso mucho más feliz.

Él también llevaba a su hijo al colegio, con el ciclomotor, con aquel chaquetón impermeable. Su mujer estaba embarazada, así que le tocaba al padre, antes de ir a la oficina.

Delia lo vigilaba sin levantar la vista, inclinado a su lado, mientras les quitaban los anoraks a sus hijos, los colgaban del perchero.

Gae a esas horas seguía durmiendo, o quizá estuviera en el váter, cagando en santa paz. O quizá estuviera en el balconcito, en calzoncillos, fumándose su primer porro y haciendo compañía a las palomas.

Delia miraba al hombre que acariciaba la cabeza de su hijo, despidiéndose. Un gesto resuelto y afectuoso. Respiraba tranquilidad. Él seguía de rodillas unos segundos más, su hijo se volvía para despedirse como un hombrecito.

—*Adiós, papá.*

Ella cojeaba junto a Nico, que había entrado en una fase regresiva, no quería separarse de su madre, lloraba todas las mañanas. Le metía un regaliz en un bolsillo, un pañuelo para los mocos en el otro.

Se habían encontrado más veces en el bar. Él se demoraba en ocasiones para tomarse un café y Delia también tomó esa costumbre.

No congeniaba con las demás madres, las que organizaban las rifas de beneficencia y los disfraces para las representaciones escolares. Permanecía apartada, lejos del grupo de las habituales.

Se hablaban. Él se acercó a ella con su chaquetón impermeable y el casco en la mano. De modo que ahora se saludaban con sus nombres.

—*Hola, Delia.*

—*Hola, Giancarlo.*

Le gustaba verlo, tal vez lo esperara. Se situaba siempre en el mismo rincón, cerca de la caja (a esas horas se formaba un auténtico caos en el bar). Le bastaba con saludarlo, levantar la barbilla, la mano. Si no aparecía, qué se le iba a hacer. Pero le bastaba con verlo para sentirse mejor. La ponía de buen humor, le infundía confianza. Empezaba a parecerle una figura familiar. Se le volvían a la memoria aquel muñecote de goma, aquellas manos unidas y sosegadas que simulaban un masaje cardiaco.

Pensaba en su corazón. Le dolía mucho, a veces. Debía sacudir el brazo, agitarlo con fuerza, para diluir aquel dolor, aquel mordisco.

Gaetano nunca sería capaz de salvarle la vida, demasiado distraído, demasiado absorto en sus frustraciones. Lo amaba, pero ya no tenía confianza en él. Estaba cansada de sentirse zarandeada por esos altibajos de sentimientos afanosos y enfrentados.

Giancarlo le transmitía paz. No era guapo en absoluto, un poco robusto y bastante del montón. Probablemente estaba perdiendo el pelo (se lo rapaba con la maquinilla), pero tenía unos hombros silenciosos y grandes, como un muro contra el que apoyarse. Pequeñas venas en los ojos y una sonrisa que hacía que toda su cara riera, la frente incluida.

De vez en cuando, se reía con él. Hacía alguna observación sobre el gallinero de las madres.

—Pero ¿es que ésas se pasan la vida aquí?

Delia asentía.

—¿No trabajan o qué?

Delia meneaba la cabeza.

—Tienen esa suerte.

—¿Y a quién esperan?

Delia se reía. Quizá esperaran lo mismo que ahora esperaba ella también..., al marido de otra..., un hombre cualquiera a cambio de una sonrisa. Para ir más allá, quién sabe. A ella nunca se le había ocurrido la posibilidad de traicionar a Gaetano, ni siquiera podía imaginarse la intimidad con otro.

Sin embargo, había tenido ese sueño, ella tumbada sobre un gran prado amarillo, con el pecho al descubierto, y Giancarlo con su chaquetón impermeable que le insuflaba el aire tal como había hecho con el muñecote simulador, con el mismo ritmo sereno, después le presionaba el pecho con las manos, buscándole el corazón, con cuidado para no partirle las costillas. Y ella notaba esos golpes desde las profundidades, que lentamente la devolvían a la vida como a una princesa durmiente.

Se había puesto a espiar la vida de ese hombre, de esa familia que discurría junto a la suya. Lo había visto con su mujer en la representación navideña. Ella con las manos sobre la barriga y él de pie con una pequeña cámara de vídeo, como la mayor parte de los padres. Gaetano no estaba, estaba en Milán, escribía los diálogos de uno de esos programas de gente que se pelea. Pero en todo caso él nunca hubiera filmado a su hijo vestido de deshollinador, detestaba esa furiosa costumbre de las películas domésticas. Ella se lo había reprochado.

—*Nuestros hijos crecerán sin recuerdos.*

Él había sonreído, *mejor así.*

Delia había sacado algunas fotos con el móvil, cuando Nico dio unos cuantos pasos renqueantes hacia el proscenio. Parecía desesperado. La vio y empezó a gritar: *¡Pizza! ¡Quiero una pizza! ¡Me muero de hambre!,* de repente, en medio de la representación, y todo el mundo se volvió a mirarla.

Ella se había puesto una de esas chapas de Save the Children, llevaba las gafas para ver de lejos. Con lo bien que se sentía hasta un instante antes, ahora se sentía la miserable madre de aquel niño quejica, tiránico y sin fuste, como su padre.

Se abrió paso entre toda aquella gente, *si me permite, con permiso.* Se acercó a los pies del escenario y una de las maestras le pasó al niño con el disfraz de deshollinador, cosido por otra madre, una de las buenas. Se quejaba por el picor, así que le dejó en camiseta.

Le puso en la mano un trozo de pizza en el bar. Miraba comer a Nico y pensaba que antes o después saltarían por los aires. Ella no era capaz de sostenerlo todo. Y Gaetano se había equivocado al confiar en sus hombros, que no eran fuertes en absoluto.

Pensaba en aquel curso de socorrismo. Si su hijo se ahogara con un bocado de esa pizza gomosa, dejaría que se ahogara. Lo vería ponerse cianótico, morado después, sin oxígeno. No movería un dedo. A veces pensaba en quedarse quieta durante el resto de su vida. Pasaba de la hiperactividad a la parada completa.

Su familia se torcía, su hijo era como su padre, no respetaba las reglas. Le hablaba a Gae de esa otra familia, era incapaz de dejar de hacerlo. Se llevaban bien, eran gente tranquila, su hijo era equilibrado y altruista, intercambiaba sus Pokémon sin mayor problema con sus compañeros, con Nico, quien, en cambio, era un animal que no le prestaba nada nunca a nadie. Tenían un perro pequeño y ella, en el mercado de delante del colegio, metía la compra en bolsas de rafia recicladas. Le parecían humildes, parsimoniosos, sin apestar a renuncia. Le parecían felices.

Gaetano se burlaba de ella, *¡vete a vivir a su casa, si tanto te gustan! ¿Cómo es posible que te guste gente así? Era la gente que nos caía como una mierda* *a nosotros, esas parejas tan respetables, tan prudentes. Gente que no come con tal de no cagar. Nuestros hijos comen y cagan, ¿es que están más descompensados? ¿Y qué? Son hijos nuestros, se nos parecen. Y no está escrito que esos otros crezcan más felices. No está escrito.*

En cambio, para Delia estaba escrito. Ese niño tan pequeño juntaba los guantes y se los metía en el bolsillo del anorak. Sus hijos lo perdían todo, se dejaban los jerséis en el parque. Una vez Cosmo volvió sin un zapato. Caminó un buen rato así, sin darse cuenta. Estaban emparejados en la abstracción, esos dos, eran capaces de caminar por el suelo y volar mientras tanto por el cielo, tan solos y alejados de todo.

Seguirían así, perdiendo trozos, como un coche desvencijado que antes o después los dejaría tirados.

Espiaba a ese Giancarlo y a esa Claudia, no tan guapa como ella, más sosa. Una de esas mujeres embarazadas que no ganan peso y se parecen a peras cansadas. Se planteaba preguntas. ¿Quién sabe si entre ellos hubo una gran pasión? O quizá una de esas amistades que se transforman y se vuelven inoxidables, acaso sólo porque las cenizas nunca se avivan. La pasión se transforma en lagunas, en vorágines que hay que colmar. Gaetano seguía exigiendo, chillaba a los niños. Esos dos tal vez no se hubieran amado como se habían amado ellos, pero estaban tan bien acompasados, eran tan respetuosos el uno con el otro.

Era ese respeto el que hubiera querido. Gaetano tenía razón cuando arremetía contra ella, *¡eres tú la que ha cambiado!*

Ahora querría otra familia, otro hombre a su lado. Más ponderado, más atento. La mochila de su hijo se caía del gancho, ella la recogía, la colgaba mejor. La mochila del hijo de Giancarlo no se caía nunca. El niño sabía cómo hacer que se quedara en su sitio.

Sus hijos eran los brazos blandos del desastre de ambos.

Sin embargo, una vez los vio discutiendo, a los dos, allí, en el mercado de delante del colegio. Había olfateado algo de descontento. Una bagatela, Claudia quería que él le sujetara la bolsa de rafia abierta para meter una col, y Giancarlo era incapaz porque tenía una mano ocupada con el casco. Delia se escondió detrás de otra mujer que estaba haciendo la compra, para captar lo que pudiera.

Y mirando esas manzanas, esas alcachofas, se percató de lo mala que se estaba volviendo. Envidiaba la felicidad de los demás. Una carcajada áspera la aguardaba en el fondo de su cuerpo. Acaso hasta esos dos acabaran hundidos en la mierda igual que ellos. Sabía que se empieza así, discutiendo por una col que no se consigue meter en una bolsa.

La col acabó cayéndose y ella la recogió. Giancarlo sonrió, *gracias*. Su mujer embarazada se volvió con gesto irritado a mirar esas confianzas, aquel gracias abatido, aquella sonrisa.

Quién sabe, si realmente se hubiera comportado mal..., si hubiese perseverado, habría conseguido destrozar aquella familia, o por lo menos darle un golpe con una fregona sucia.

La mujer parió en marzo. Ahora venía a recoger al niño a la guardería con una pequeña Evamaria en la mochila portabebés.

Unos días antes, Delia se encontró con Giancarlo en el bar. No parecía tener muchas ganas de irse. Había apoyado el casco en la barra, se había terminado el café y había pedido otro. Parecía algo cansado, parecía como si hubiera salido tarde sin ducharse. Llevaba esa clase de barba que simplemente da idea de suciedad. Le dijo *te veo bien*.

Delia no se había maquillado, se miró en la franja de espejo del bar entre las botellas de licores. En efecto, tenía una carita mona, blanca y descansada.

—*Me he separado de mi marido.*

Giancarlo asintió durante unos instantes.

—*Lo siento.*

Pero Delia no estaba triste, era fuerte, era el último día de colegio.

—*Era inevitable.*

Pronunció esa palabra de manera serena. Tenía esa cara descansada porque había dormido realmente bien por primera vez desde hacía mucho tiempo. Y la mochilita de Nico no se había caído del perchero esa mañana. Rebosaba confianza. Ahora que estaba sola, se sentía capaz de educarlos. Ya no estaba inmersa en la tempestad de él. Las cosas se habían depositado en la playa y ahora ella podía verlas.

Giancarlo había percibido aquella serenidad. Aquel clamoroso paso hacia delante.

La miró con los mismos ojos llenos de nostalgia con los que ella lo había estado mirando a él durante todos aquellos meses.

La niña pequeña no dormía, y él estaba muerto de cansancio, de ahí la necesidad de todos esos cafés.

Se quedó con la boca abierta y la cucharilla allí dentro, mirándola. Le faltaba algo. Pero es que a todos les falta algo.

Si Delia se hubiera quedado un poco más, él habría acabado por buscarlo pegado a ella, a su cara blanca.

Habrían podido meterse en su pequeño utilitario aparcado ahí delante con los intermitentes puestos, el mismo sitio donde ella se ponía colorete todas las mañanas para mostrarse menos blanca. Habrían podido besarse, buscar el vapor del cuerpo bajo la ropa casi veraniega, húmedos de sudor.

Si sólo esa mirada le hubiera caído encima unos meses antes, con la lluvia, cuando estaba tan desesperada como para desear a cualquier hombre que no fuera Gaetano.

Pero esa mañana es tarde, ella no tiene ningunas ganas de enredarse en una vida hecha de desgarros y remiendos. Lo abraza antes de irse, se respira ese olor de hombre cualquiera, salido de una casa cualquiera.

—Gracias, Giancarlo.

Él no comprende por qué le da las gracias, quisiera retenerla en ese abrazo, pero ella se separa. Con la misma dolorosa violencia con la que se separaba de su padre cuando quería que siguiera demasiado rato entre sus brazos.

Piensa en esas manos unidas sobre aquel muñeco de goma que simulaban reanimar un corazón.

Piensa en su corazón.

Hay uno de esos grandes carteles publicitarios fuera. Ha pasado por delante miles de veces, con el número gratuito devorado por la lluvia. Un reclamo solidario, una mujer africana descolorida por la lluvia italiana. Lee esa palabra que ha tocado con los ojos todos los días, SALVÉMOSLA.

Compra un ramo de majuelo al florista ambulante. Le deja cinco euros al vagabundo alemán con el perro y la pierna herida por un coche que tenía prisa en un semáforo.

—¿Cómo te dijo el director?... ¿Cómo se dice cuando un guión no funciona, no se cierra?

—Se dice *hemos sembrado mal.*

—¿Y qué hacéis?

—Se desmonta todo y volvemos a empezar.

—Semillas mejores, sobre un terreno mejor...

—Eso se espera, sí.

Esta noche, mirándola, lo sabe más que nunca. Por un instante quisiera intentar abrazarla de nuevo, ver qué siente, qué se ha perdido.

También Delia es sincera ahora, lo mira y ya no le causa fatiga.

—Quisiera enamorarme otra vez, Gaetano... No sabes cuánto quisiera enamorarme. Volver a intentarlo. Con otra persona...

—Ahora sabrías elegir mejor.

—Sé en qué me equivoqué.

—Te equivocaste al elegirme a mí.

—No, si volviera atrás...

—No digas esa inmensa estupidez. Te darías media vuelta.

—No, lo volvería a hacer casi todo...

—Lo dices sólo por los hijos.

—No, lo digo por mí.

—¿Qué es lo que no volverías a hacer?

Delia sacude los hombros, se ajusta el pelo detrás de la oreja por enésima vez...

—Los dientes... ¿No te arreglarías los dientes?

—Por lo menos, ahora me río.

Y él la mira reírse..., mira esos dientes intactos que han tapado *sus* dientes..., sus besos...

—Dilo.

—¿El qué?

—Di que ya no me amas. Dilo ahora que estamos en paz..., así consigo que se me baje.

Le sonríe con esos dientes que han engullido el paraíso.

—Ya no te amo, Gaetano.

Asiente y ríe con ella..., después, los ojos se detienen y se inundan de todo, como los de los niños.

—Dilo tú también.

—Yo no puedo decirlo.

—Dilo.

—Ya no te amo, Delia.

—Lo ves..., podemos decirlo.

Gaetano se suelta el pelo, se lo atusa. Delia le mira la muñeca, fuerte, llena de venas. Quién sabe cuántos años seguirán vivos aún, lejos el uno del otro. Algún día, ellos también serán como esos viejos de la mesa de al lado. Cuando sus hijos crezcan. ¿Cuánto habrá que esperar? Volverán a verse en alguna celebración de fin de carrera. Entonces serán frágiles espaldas colgadas de la voz del hijo que ha aprendido a hablar en el mundo en lugar de ellos, mejor que ellos. Se abrazarán, ligeramente emocionados. Ese día, por fin, habrán olvidado el olor de la intimidad y el odio. Ya no recordarán nada de ese cuerpo que está delante de ellos. Habrán establecido nuevas intimidades, nuevas rabias. Pasarán uno junto al otro afablemente como carne limpiada a fondo por la tragedia del amor. Ya sin tensiones, ya sin roces, ya sin sacudidas dolorosas.

El viejo de la otra mesa se ha levantado. Está allí de pie delante de ellos. Sonríe. Tiene los ojos azules, pequeños y encajonados.

—Discúlpenme..., pero creo que ha habido una confusión por parte de la camarera..., debe de haber intercambiado nuestras cuentas. Nos habíamos sentado en esta mesa antes de que ustedes llegaran, pero después nos cambiamos. A mi mujer le gustan las mesas laterales. Hemos pedido una botella de champán, nos la hemos bebido casi entera y no quisiera que tuvieran que pagarla ustedes...

Gaetano ni siquiera ha mirado la cuenta, lo hace ahora, desdobla la hojita, asiente ante aquella cifra un poco elevada, en efecto...

—Aquí la tiene, gracias...

El viejo vuelve a su mesa. Ayuda a su mujer a taparse los hombros, aferra la botella de champán.

—Ha quedado un dedo...

Se acerca de nuevo para vaciar el fondo de la botella en sus copas.

—Salud..., a su salud.

Ahora están de pie, muy cerca. Delia mira a la mujer, hermosa aún, a pesar de la edad. El kohl que le mancha los ojos de manera natural, el chal de seda repleto de colores. Tiene algo de exótico, como de pirata. Debe de tener más personalidad que ella. Una mujer que ha viajado por el mundo y que se ha traído a casa experiencias y antiguos maquillajes.

—A la vida.

—¿Están celebrando algo?

El viejo asiente, susurra.

—Sí, mi resurrección...

La mujer menea la cabeza, mira polvorosa la noche, algo que reluce en la lejanía.

—¿Vienen a menudo a este sitio?

—Es la primera vez. No se come mal...

—Tampoco muy bien, la verdad...

Ríe, se acaricia un brazo mientras se ríe.

El viejo es un hombre locuaz. Empieza a hablar y no para. Está jubilado, ha trabajado toda su vida para una multinacional estadounidense, le pregunta a Gaetano a qué se dedica.

—Debe de ser bonito eso de inventarse historias.

—La verdad es que no invento nada. Robo...

—Hace falta talento para escoger qué robar...

—Para mí es fácil.

—Podríamos ir a parar a una de sus historias.

—Quién sabe.

La mujer se ríe, soslaya la cuestión. Dice que son demasiado viejos para interesar a un guionista joven... Gaetano repite *quién sabe.*

Ahora el viejo lo mira con gesto algo implorante, él también tenía veleidades artísticas, dice.

—Como casi todos en Italia.

Ríe, dice que era un razonable barítono..., después se corrige, dice que era una auténtica promesa... Mira a su mujer.

—Me enamoré..., formé una familia...

Dice que nunca se ha arrepentido. Sigue aún cantando en casa, escuchando CD.

—En mis tiempos lo de la realización personal era una quimera...

Gaetano piensa *menudo coñazo, este viejo entrometido.* Pero Delia tiene los ojos sonámbulos de cuando se embelesa con la gente.

La mujer coquetea un poco, encoge los hombros bajo el chal.

—No he dejado que te falte de nada, no te me quejes.

—¿Es que me he quejado alguna vez?

Bromean, melindrosos de repente como dos adolescentes. Quizá se pongan a discutir. Pero el viejo saca a relucir una voz lacustre y solitaria.

—Han sido años maravillosos. Jamás me he arrepentido.

Y más trozos de vida pasada. Los esfuerzos de los primeros tiempos, la casa alquilada hecha un trastero a nivel de calle en la vieja Roma. El hedor a gato y al Tíber. La mujer dice que espantaba ratas tan grandes como niños. Después, sin embargo, vinieron algunos viajes bonitos. París, por primera vez. Y después las niñas, una con una cardiopatía grave. Tantos esfuerzos que les devoraron años, felicidad y dinero. Que les devoraron el corazón.

El viejo se ríe, le ajusta otra vez el chal. Es un hombre que sabe hacer gestos femeninos.

Gaetano también observa ese gesto..., observa lo que pasa por los ojos de Delia. De lo único que tiene ganas es de irse. Tiende la mano.

—Bueno, adiós.

Pero Delia se ha conmovido. Escruta esos ojos manchados de kohl.

—Y su hija... ¿qué tal está?

—En Estados Unidos, casada, con dos niños.

—Casada con una mujer.

Ella le da un leve empujón a su marido.

—Eso podías evitar aclararlo.

—No hay nada malo, se quieren. Es una santa, esa muchacha. Nuestra hija tiene un carácter imposible... Ya saben, el síndrome de resarcimiento perenne.

—Con lo que ha sufrido...

El viejo resopla, levanta una de sus bronceadas manos.

—Desde luego..., pero hay mucha gente que ha sufrido y no toca tanto las narices como ella...

De repente dice que tiene un cáncer, que ya ha tenido varios, quizá sea el mismo siempre que va de paseo, un terrorista que deposita bombas. Se ha operado infinitas veces y siempre ha salido adelante.

—Ahora mi mujer me regañará por contar cosas personales..., tengo esa costumbre, soy un charlatán...

—A ellos no les interesa...

—Pero a mí me interesan ellos. Tengo la impresión de haberlos visto ya y no consigo recordar dónde... ¿Viven por aquí cerca? En el parque, quizá, o en la librería...

—Puede ser..., sí.

También Delia piensa que ha visto a ese hombre en alguna parte..., debe de haber pasado a su lado.

—Tengo el estómago completamente agujereado... Soy un fenómeno, la mascota del hospital..., cuando entro en la consulta, los oncólogos rompen a aplaudir... Y el lunes tengo que volver... Tengo uno tan grande como una alcachofa aquí debajo...

Se toca debajo del cinturón, sonríe. Gaetano lo mira.

—Pero si se ha tomado una chuleta hace un rato...

—Disfruto, mientras pueda, disfruto.

Delia lo mira. Mira algo de aquella noche, las palabras pronunciadas y las perdidas. El desaliento y la pasión de la vida. Otras personas han pagado y se están marchando..., otras personas que desaparecerán. Le gustaría abrazar a ese viejo, estrecharlo contra ella durante unos segundos.

La mujer lo ayuda con la chaqueta.

—Quién sabe. Pero no importa, estoy vivo, esta noche estoy vivo, me he comido una chuleta y estoy hablando con ustedes... Adoro hablar con la gente...

—Por él, no callaría nunca...

Se marchan, la mujer se enciende un cigarrillo en la acera.

—Veámonos, alguna vez...

Delia asiente. No le ha dicho que Gaetano y ella están separados. Ella no cuenta sus cosas a los extraños. El viejo se demora en soltarle la mano.

—¿Les importa hacerme un pequeño favor? No se lo pido a todo el mundo..., pero siento gran confianza en ustedes. Lo he estado pensando toda la noche... He estado pensando *tengo que pedírselo a esos dos, tengo que darles la lata.*

Ahora parece realmente lejano..., como si su alma se hubiera elevado de repente y flotara en lo alto junto a las sombrillas del restaurante.

—Recen por mí.

Gaetano asiente, pero después se muestra sincero.

—No creo saber rezar.

—Basta con cerrar los ojos y concentrarse en el bien.

—Es un concepto un poco abstracto para mí... Para rezar hace falta pensar en alguien que acoja tu plegaria...

—¿Y usted no tiene ningún destinatario?

El viejo parece decepcionado e inseguro.

—Toda la noche he estado pensando *esos dos pueden hacer algo por mí...*

—¿Y por qué ha pensado usted algo tan absurdo?

—No lo sé. No es más que una sensación, pero precisa como una hondísima emoción...

El viejo busca los ojos de Delia.

—¿Cree usted que podrá rezar por mí?

—Sí, desde luego.

Les coge una mano a cada uno, se las estrecha. Las sacude.

—Nadie se salva solo.

Los ven alejarse hacia un Fiat Panda aparcado justo ahí... Ahora las piernas del viejo parecen realmente inestables. Es la mujer la que conduce, le cierra la portezuela a su marido y después da la vuelta.

—¿Por qué no les has dicho que no somos creyentes?

—No me apetecía decepcionarlo..., alguien en su situación..., y además en algo sí que creo.

Delia le pregunta en qué cree, Gaetano mira al suelo, con las manos metidas en los bolsillos de los vaqueros, *bah,* dice.

—En la cadena humana..., si estamos juntos aquí, será por alguna razón..., tú y yo en vez de otros dos...

Esas palabras se le han quedado dentro. Caminan, pasan por delante de los contenedores de basura, de las bolsas tiradas al lado. *Nadie se salva solo.*

Gaetano quisiera regresar para preguntarle algunas cosas más a ese viejo, pero no se da la vuelta, sigue hurgando en sus pensamientos.

—Si alguien nos hubiera ayudado...

—¿Quién?

Gaetano piensa ahora en un mentor. Es la figura que más le gusta, la busca desesperadamente en sus guiones. El personaje secundario que impulsa al héroe a traspasar el umbral..., que lo conduce hacia la verdad de sí mismo. Tal vez no haya sabido leer en las líneas de la vida.

Piensa en ese viejo tan sereno mientras el cáncer lo está descarnando.

A decir verdad, no estaba descarnado en absoluto, tenía una piel fresca y rosácea... Por un instante, Gaetano no le cree.

—Quizá mintiera.

—¿Y por qué razón?

—Para impresionarnos..., o puede que no esté muy bien de la cabeza.

—No lo parecía. No puedes aceptar el hecho de que una persona llegue al término de su vida tan agradecido, tan dócilmente...

Gaetano se ha detenido a comprar cigarrillos en la máquina expendedora nocturna del estanco. Ve que Delia se deja caer, pegada al cierre metálico. Se acerca, intenta levantarla. Pero resulta más fácil resbalar con ella.

—Pero, bueno, ¿qué te pasa?

—Estoy rezando, por ese viejo.

—Y qué cojones te importa.

—Hazlo tú también.

—Si yo no soy capaz.

Colea un rato junto a ella, echa una mirada a su alrededor para ver si alguien los observa.

—Somos nosotros los que no parecemos estar muy bien de la cabeza.

—Alguien nos escuchará.

—Nadie nos escucha, Delia. Nadie nos ha escuchado nunca...

Gaetano se coloca junto a ella sobre ese asfalto. Se siente realmente un imbécil y le duelen las rodillas.

—... dos intermediarios más gafados que nosotros no podía escogerlos ese pobre hombre...

—Concéntrate.

—¿En qué?

—En esa persona.

—¿Con todos los follones que tengo?

—Nos ha escogido. Ha visto cuando te he tirado el helado..., lo ha visto todo...

—¿Y qué?

—Quería ayudarnos. Decirnos algo... Que no seamos tan imbéciles, quizá sea sólo eso.

Por qué no se habían tropezado antes con él..., se lo hubieran llevado a casa, colocándolo en un rincón como a un abuelo. Quizá tuviera la capacidad de salvarlos a todos.

Hubiera hecho el hechizo... mantenerlos a todos juntos allí, encadenados a la fijeza del amor.

Gaetano no reza, no sabe hacerlo de verdad, no sabe concentrarse en nada que no esté en este mundo. Se entrega a ella, a esa cara increíble que tiene.

—¿Qué dices, nos vamos ya?

Ellos pertenecían a la generación de la baratija, del *remake.* Todo había sido probado ya, de lo único que se trataba era de revisitar, sin auténtico nervio. Viejas las heridas, las caras pintadas de los emos. ¿Qué tenían de nuevo? El sushi a domicilio, la fiesta de Halloween, Facebook. El sueño de toda la gente a la que conocían era organizar eventos. Anhelar una fiesta continua sobre los escombros de todo. El egoísmo como único bolso en bandolera.

Y, con todo, ése era su mundo y por él deberían caminar junto a sus hijos. Poner las antenas para captar una señal positiva.

Pasan junto a un ciclomotor incendiado y ni siquiera lo miran.

Están acostumbrados a la violencia. Inmóvil como un mar de gasolina en esa ciudad que ahora parece estar en silencio.

Quién sabe si les gustará, algún día, mirar retrospectivamente sus vidas.

Son bastante jóvenes aún. Dos críos, se diría viéndolos pasar desde detrás de los cristales de un coche aparcado.

Nadie se salva solo.

Pueden oír el eco de esas palabras caer delante de sus pasos. Una condena o un consuelo.

Ahora están más cerca, caminan como caminaban en otros tiempos, como dos perros que se han escapado y ahora regresan. Hedor a tierra buena y odiada. Por un instante, están a punto de darse la mano, pero no es más que un reflejo del pasado..., un error. Están cansados, es fácil distraerse, no saber ya a qué alturas de la vida están. Si ahora o hace un año.

—Me gustaría subir..., ver a los niños.

Debería decirle que no, abre el portal. Suben en el ascensor, se deslizan detrás de sus cuerdas, mudos. Mirando un trozo de madera, un trozo de mano.

Ahí está el espejo en el que se han reflejado tantas veces. Gaetano se mira durante un instante, con los ojos muy abiertos, enrojecido por el vino.

¿Quién soy? ¿Quién eres?, le pregunta a ese hombre. El cuerpo de debajo de la ropa deja de ser el suyo por unos instantes. Es el del hombre al que ha visto pasar mil veces por allí. Mira la espalda de Delia, un trozo de hombro. Ella tiene los ojos clavados en la puerta.

Los niños están en el centro de la cama grande. Juntos como cosas que se han reunido bajo el mar. Gaetano se acerca, extiende el brazo, restriega.

—Está bien.

El olor de la casa no le ha dado asco. Cada vez que volvía sentía ese conato. La misma muerte de los ratones con el veneno metido en el queso.

Su suegra está delante de la televisión. Estaba durmiendo y ahora, medio adormecida, saluda sacudiendo el mando a distancia. Él se ríe.

—Desconéctame a mí también, vamos.

Echa una breve ojeada al resto. Se da cuenta de que está todo más ordenado, de que falta su emplazamiento, el salón se ha ensanchado para eliminarlo. Delia está a sus espaldas, lo sigue como aquella monja seguía al loco en aquella película. Con miedo a que se diera la vuelta.

—El domingo quiero que se queden a dormir conmigo..., el que viene es mi domingo, ¿verdad?

—Sí, es tu domingo.

Se inclina, con un leve arrebato de temor. Le pone una mano en la cabeza para besarle una mejilla. Delia siente esa mano, que inesperadamente está muy tranquila. Gae se marcha sin ascensor, baja por las escaleras.

Delia se acerca a la nevera, la abre, saca los restos de un pastel de patatas. Se lo come al lado de la ventana.

—¿No has cenado?

—No, tengo hambre, mamá.

Gaetano cruza la calle. No mira hacia arriba. No sabe si encontrará esa sombra detrás de los visillos de la cocina. No quiere perder.

Quizá encuentre el Fiat Punto color avellana de Matilde debajo de casa. Llamará a la ventanilla. Verá esa cara lista para ganarse un bofetón.

Baja, venga. Déjate ya de escenitas.

Créditos discográficos

One: texto y música de U2, *copyright* © 1991. UNIVERSAL MUSIC PUBLISHING Ltd. Subeditor para Italia: UNIVERSAL MUSIC ITALIA S. R. L. – Área Mac 4 – Via Benigno Crespi, 19 – 20159 Milán.

Por cortesía de Universal Music MGB Publications – Via Liguria, 4 Fraz. Sesto Ulteriano 20098 – San Giuliano Milanese, Mi (Italia).

Sobre la autora

Margaret Mazzantini, actriz y escritora italiana, nació en Dublín y vive en Roma. Entre sus novelas destacan *Il catino di zinco* (1994), galardonada con el Premio Selezione Campiello y el Premio Rapallo-Carige; *Manola* (1999); *No te muevas* (2001), ganadora del Premio Strega 2002, el Premio Grinzane Cavour, el Premio Città di Bari y el Premio Zepter en París, y adaptada al cine en 2004 por Sergio Castellitto con Penélope Cruz en el rol protagónico; *La palabra más hermosa* (2008), Premio Campiello 2009, también adaptada al cine por Sergio Castellitto y con Penélope Cruz como protagonista; *Nadie se salva solo* (2011), que ocupó los primeros puestos de las listas de más vendidos durante ocho meses, y *Mare al mattino* (2011), su último gran éxito, también de próxima publicación en Alfaguara.

www.margaretmazzantini.com

Alfaguara es un sello editorial del Grupo Santillana

www.alfaguara.com

Argentina
www.alfaguara.com/ar
Av. Leandro N. Alem, 720
C 1001 AAP Buenos Aires
Tel. (54 11) 41 19 50 00
Fax (54 11) 41 19 50 21

Bolivia
www.alfaguara.com/bo
Calacoto, calle 13 nº 8078
La Paz
Tel. (591 2) 279 22 78
Fax (591 2) 277 10 56

Chile
www.alfaguara.com/cl
Dr. Aníbal Ariztía, 1444
Providencia
Santiago de Chile
Tel. (56 2) 384 30 00
Fax (56 2) 384 30 60

Colombia
www.alfaguara.com/co
Carrera 11A, nº 98-50, oficina 501
Bogotá DC
Tel. (571) 705 77 77

Costa Rica
www.alfaguara.com/cas
La Uruca
Del Edificio de Aviación Civil 200 metros Oeste
San José de Costa Rica
Tel. (506) 22 20 42 42 y 25 20 05 05
Fax (506) 22 20 13 20

Ecuador
www.alfaguara.com/ec
Avda. Eloy Alfaro, N 33-347 y Avda. 6 de Diciembre
Quito
Tel. (593 2) 244 66 56
Fax (593 2) 244 87 91

El Salvador
www.alfaguara.com/can
Siemens, 51
Zona Industrial Santa Elena
Antiguo Cuscatlán - La Libertad
Tel. (503) 2 505 89 y 2 289 89 20
Fax (503) 2 278 60 66

España
www.alfaguara.com/es
Torrelaguna, 60
28043 Madrid
Tel. (34 91) 744 90 60
Fax (34 91) 744 92 24

Estados Unidos
www.alfaguara.com/us
2023 N.W. 84th Avenue
Miami, FL 33122
Tel. (1 305) 591 95 22 y 591 22 32
Fax (1 305) 591 91 45

Guatemala
www.alfaguara.com/can
26 avenida 2-20
Zona nº 14
Guatemala CA
Tel. (502) 24 29 43 00
Fax (502) 24 29 43 03

Honduras
www.alfaguara.com/can
Colonia Tepeyac Contigua a Banco Cuscatlán
Frente Iglesia Adventista del Séptimo Día, Casa 1626
Boulevard Juan Pablo Segundo
Tegucigalpa, M. D. C.
Tel. (504) 239 98 84

México
www.alfaguara.com/mx
Avda. Río Mixcoac, 274
Colonia Acacias, C.P. 03240
Benito Juárez, México D.F.
Tel. (52 5) 554 20 75 30
Fax (52 5) 556 01 10 67

Panamá
www.alfaguara.com/cas
Vía Transísmica, Urb. Industrial Orillac,
Calle segunda, local 9
Ciudad de Panamá
Tel. (507) 261 29 95

Paraguay
www.alfaguara.com/py
Avda. Venezuela, 276,
entre Mariscal López y España
Asunción
Tel./fax (595 21) 213 294 y 214 983

Perú
www.alfaguara.com/pe
Avda. Primavera 2160
Santiago de Surco
Lima 33
Tel. (51 1) 313 40 00
Fax (51 1) 313 40 01

Puerto Rico
www.alfaguara.com/mx
Avda. Roosevelt, 1506
Guaynabo 00968
Tel. (1 787) 781 98 00
Fax (1 787) 783 12 62

República Dominicana
www.alfaguara.com/do
Juan Sánchez Ramírez, 9
Gazcue
Santo Domingo R.D.
Tel. (1809) 682 13 82
Fax (1809) 689 10 22

Uruguay
www.alfaguara.com/uy
Juan Manuel Blanes 1132
11200 Montevideo
Tel. (598 2) 410 73 42
Fax (598 2) 410 86 83

Venezuela
www.alfaguara.com/ve
Avda. Rómulo Gallegos
Edificio Zulia, 1º
Boleita Norte
Caracas
Tel. (58 212) 235 30 33
Fax (58 212) 239 10 51

Esta obra se terminó de imprimir en abril de 2012
en los talleres de Litográfica Ingramex, S.A. de C.V.
Centeno 162-1, col. Granjas Esmeralda,
C.P. 09810, México, D.F.